JN113482

曠野《あれの》の花

木曽ひかる

新日本出版社

曠野の花：目次

「しんぶん赤旗」二〇二〇年十月二十日付～二一年二月二十日付連載

第一章　朝顔

朝から慌ただしい。

二〇一九年七月。今日は七月分の生活保護費支払日である。N市中央区役所保護係は、保護費受け取りや、書類を提出に来る人などで混雑していた。

四月に就職し、生活保護ケースワーカーになってまだ日が浅い朝川拓也は、カウンター前で収入申告書を受け取って、書きもれはないか目を通していた。

「板東さんのことで近松民生委員から電話ですよ」

板東のことで電話？

板東猛《たけし》は六十三歳。肝臓を悪くして働けなくなり、十年以上前から生活保護を利用して、今はアルコール依存症の治療で精神科の佐原病院に入院している。電話を取ると、近松もと子民生委員のせっぱつまった声がした。

「大変ですっ。板東さんが朝早く勝手に退院してきて、お酒を呑んでアパートの人たちに絡んでいます。何か訳の分からないことを言って……すぐきてください」

近松は、夫婦で不動産店を経営しながら民生委員を務めている。時々、自分で作った煮物を持って独居の高齢者を訪問したりしている面倒見の良い人だ。

「はい、すぐ行きます」

答えながら、支払日で応対に忙しいのに、と胸の内がもやもやしたものでふくれてくる。板東の担当になってケース記録を読み、前の担当者が苦労して、三月末に佐原病院へ入院させたことを知った。入院と退院を何度も繰り返している。

五月に佐原病院へ面会に行き、初めて板東に会った。

「なんだぁ、まだ若造だなぁ」

背が低く小太りで、射すくめるような目を向けて横柄《おうへい》な口をきいた。その男が勝手に退院してきて近所に迷惑をかけている。若造、と口をへしゃげながら言ったことを思い出して気が重くなる。元暴力団員だ。自分の手に負えるだろうか。不安な思いが募る。

「病院に電話して状況を把握すると良いよ」

ベテランの鉄原耕作面接員が声をかけてきた。

緊張しながら佐原病院へ電話した。

「朝一番の見回りの時にいなくて、病院内を探しましたが見つかりませんでした。院長が怒っています」

看護師からは板東の身を心配する気配が感じられない。いなかったらその人の身に何か起こったのではないかと考えるのが普通ではないか。しかも、精神科病院で心のケアが必要な人たちがいるのだから、失踪の可能性を考えないのだろうか。冷淡な対応に驚いた。

精神科病院を訪れたのは佐原病院が初めてだった。そのときのことを思い出す。古い四階建ての病院は窓に鉄格子があり、閉鎖病棟のドアは患者の安全のためという名目で施錠されていた。映像で見る刑務所ではないかと錯覚しそうだ。

患者は食堂兼談話室でテレビを見ているか、ぼうっとしている。雑誌を開いている者もいるが、同じページをいつまでも見ている。全体に覇気がない。

背もたれのない丸椅子はきずがあったり、穴が開いていたりして座り心地が悪そうだ。売店で菓子やパンを販売しているが、院外で買うより高額だ。中年の患者が、「あこぎな商売でもうけてる」と職員に聞こえないように拓也の耳元に口を寄せた。こんな所へ入院して、はたして良くなるのか。そのとき感じた疑問が、電話でのやりとりで一層広がった。

「なぜそんなことをしたのか、まず、よく話を聞くと良いよ。ぼくは面接予定があるし、支払日でみんな忙しいから一緒に行けないけど、困ったら電話して」

鉄原面接員が再び声をかけてきた。髭《ひげ》そり跡が濃く、大柄な体に似合わぬ八の字眉の童顔。いつもにこやかだ。福祉系大学卒業後、N市役所に入り生活保護の仕事に従事して二十年近い。現在は相談者と最初に面接する専任面接員をしている。「この仕事が大好き、ずっと生活保護に関わりたい」といつも言っている。

硬くなっている拓也の気持ちをほぐすように、笑みを漂わせながら、鉄原は保冷剤が入った冷たいペットボトルを二本、ビニール袋に入れて差し出した。

「板東さんに渡して。朝、買ってきたばかりだ」

鉄原は細かいことにもよく気がつき、さりげない心遣いをすることが多い。

「がんばれよ」

髪を短く刈り上げ、鼻の下に髭を蓄えている先輩の藤谷治が言葉とは裏腹に、新人が元暴力団員のアルコール依存者に対して、どこまでできるかお手並み拝見、という顔をして手を振った。

「きみは柄は大きいが、そんなまっちょろい感じだと見くびられるぞ。顎《あご》髭を伸ばしたらどうだね」

垂れ目でおとなしい印象の拓也をからかう。藤谷は細身で小柄だ。以前、利用者とトラブルになったことがあり、それ以後、「威厳を持たせるために髭を生やした」と言っている。

板東のアパートまでは自転車で十五分ほどだ。

外へ出るとじわっと太陽が照りつけてくる。頭がくらくらするほどだ。梅雨でずっと雨が続いていたが、今日は珍しく朝から晴れている。早く行かねばとペダルを踏むが、これからのやり取りを考えると、力が入らない。うまくやれるだろうか、不安でいっぱいだ。

ほとんどがシャッター街と化しているが、以前はにぎわっていたことを思わせる「銀座商店街」と看板が掲げられたアーケードを通り抜けると、アパートや長屋が続く。軒やベランダに洗濯物が翻っている。

板東の家は古びた木造二階建てアパートさつき荘の一階にある。各階にそれぞれ五部屋。家賃が安いせいか生活保護利用者か低年金の高齢者が住んでいる。部屋は六畳一間で小さな台所と和式トイレがついている。

アパート前で数人の男女が話をしている。

板東は自身で、「おれは生活保護だ」としゃべっているのでこの界隈で知らぬ者はない。役所が守秘義務を守っていても、ないと同じだ。そのうえ、酒を呑んではよくトラブルを起こすので、住人たちからうとまれている。直接、区役所に苦情を言いに来た人もいる。

アパートの前に小さな花壇があり、近くに住む家主が水やりや草取りをして花を育てている。今の季節はひまわりを小さくしたような花で、以前、たしか、姫ひまわりと聞いた覚えがある。その一角がいつも明るく、通るたびに目を楽しませてくれる。その黄色い花が無残に引き抜かれて路上のあちこちに散らばっている。花壇のかたわらで板東が花をつかんで立ち、近松民生委員が板東に何か話している。

「役所の人でにゃあか」

つえをついた高齢の男性がしゃがれ声で叫んだ。近松が振り向いた。

「ああ、朝川さん、一号室の方がわたしを呼びに来たので急いできたんですけど、酔っ払っているので、言うこと聞かずこのありさま。花壇を荒らして……」

近松が、助かったというような声を出した。

「ご迷惑をおかけします。申し訳ないですね」

「朝川さんが謝ることではないですけどね。みんな迷惑して困ってるので、何とかしてもらわないと……」

近松は一刻も早く片をつけてほしそうだ。板東は上半身裸になり、背中や腕に、赤、黒、緑色で彩られた般若《はんにゃ》と竜の入れ墨を見せつけている。酔いが回ってきたのか、へなへなと花壇の前に座り込んだ。

「どんな状況ですか？」

「病院へ戻るように話しているんですが、聞く耳持たないですね。豚がどうのこうのと支離滅裂で、何を言っているのか分からないんですよ」

近松民生委員の声を背に、板東に近づいた。

こんなことは今まで経験したことがない。心臓が音をたてるのではないかと思うくらいにどきどきする。

口の中がからからに乾いてきた。大きく深呼吸をしてから呼びかけたが、かすれたような声しか出ない。

「板東さん、……おはようございます」

「うん？　おまえ、誰だ？」

地面に座ったまま板東が顔をあげた。顔が赤く染まっている。佐原病院で一度しか会っていないから覚えていないのだ。声を振り絞るようにして続ける。

「あなたの担当の朝川です。五月に病院でお会いしました」

「……何の用だ」

「こんな所では落ち着いては話せませんから、部屋へ行きましょう。さあ……」

「ここでいい」

板東とのやりとりが他人に聞かれるのはまずい。自身で、「生保だ」としゃべっていても守秘義務がある。

「日差しも強いし、熱中症になるといけません。歩けますか？」

話している間も日がじりじりと灼きつける。自転車で走って来たせいか、汗がたらたら流れてくる。板東は酒を呑んでいるから、脱水症になるかもしれない。

入れ墨に汗が点々と光っている。花を抜いてエネルギーを消耗したのだろうか、板東はどんよりとした目で拓也を見た。さっきまでつかんでいた花は足元で萎《しお》れている。

「鉄原さんからです」

冷水のペットボトルを渡した。

「鉄原さんか」

鉄原が板東を担当した時、親身になって世話をしたと聞いている。板東は水を口に当てると一気に飲んだ。

「肩を貸しましょう」

拓也は背が百八十センチだ。板東は拓也の胸のあたりくらいしかない。座り込んだ板東の肩を押し上げるようにして立たせた。般若に絡む竜が口を開けている太い腕が拓也の肩に食い込む。無気味で一瞬、目をつむった。拓也が住人たちに会釈しながら、アパートに入ろうとすると、ひそひそささやく声がした。

「今度の役所の人、若いけど大丈夫か」

「なーんの罪もないのに、花をこんなにしてよう暴れたなぁ、えらい迷惑しとるで、ずっと入院しとるようにできんもんかねぇ」

「ええかげんに生保切ると、引導渡したらどうだ」

黙ったまま中へ進む。背後から、「役所はたるいなあ」と、聞こえよがしの声が追ってくる。

一番奥の五号室が板東の部屋だ。

窓は開いているが、むっとした空気が漂っている。

部屋には布団とテレビ、汚れたシャツやズボンが乱雑に置かれているが、家具らしい物は何もない。

板東は部屋に入ると、ごろりと横になった。

こんな所で話すのか。酒を呑んでいるし、何か危害を加えられないだろうか。顔が引きつっているのが自分でも分かる。またも心臓が悲鳴をあげそうだ。

板東に断って旧式の扇風機のスイッチを入れたが、ガタガタ音を立てて回るものの涼しい風はこない。

近松民生委員が座りながらさりげなく、板東の周囲に散らかっている酒パックやペットボトルを自分の方に引き寄せた。何かの拍子に凶器になってはいけないと考えたに違いない。そこまで頭が回らなかった拓也は、もっとしっかりせねばと自身を叱咤《しった》した。

「なぜ黙って病院を出てきたんですか？」

「あんなとこいつまでもおられるか。薬ばっかり飲まされて……、全員並んで順番に口開けて飲まされるんだ。気持ち悪くなるんでベロの下に入れてあとから吐いた。ばれてこっぴどく叱られてよぉ」

「……」

「テレビカードを買っても、あっという間になくなる。銭がないからドラゴンズの試合も見れん」

「板東さんは中日ドラゴンズファンですか」

「そうだ」

「ドラファンだと、テレビ見られないのはつらいですね」

「この気持ち分かるか」

「ええ」

娯楽の少ない病院で、好きな野球を十分見られないのはつらいに決まっている。病院のベッドで暇を持て余してしょんぼりする板東の姿が浮かんだ。

一カ月以上入院すると、生活費は居宅から入院患者日用品費に変更する。少ない額から、アパートの共益費や病院で見るテレビカード代を支払う。佐原病院は冷暖房費や病衣代も徴収するので、やりくりも大変だ。

「ドラゴンズは負けが続いとるで、よけい応援せんとあかんでな」

板東の顔が幾分やわらぎ、上半身を起こして布団にもたれかかった。太陽の下で赤く見えた顔はどす黒く、目が全体に黄色くなっている。肝臓が悪いと聞いたが、悪化しているのではないだろうか。

「お酒をやめられないから入院したのに、黙って退院してきたのはまずいですね」

「まずいか」

「当たり前ですよ。鍵が掛かっていたのにどうやって出てきたんですか？」

「看護師が鍵を掛け忘れたのを見てたんだ。あとは塀を乗り越えた。あんなのちゃらいもんだ」

その後がどうなるか考えなかったのだろうか。あまりに短絡的だ。病院の管理体制にも疑問が湧く。

「これからどうしたいんですか？」

板東が突然、大きな頑丈そうな顔をゆがめた。涙が大きなわし鼻を伝い、口元に流れ出した。

「板東さん……」

「豚の餌《えさ》を食べてたときを思い出すんだ」

板東は幼い頃、両親に棄てられて児童養護施設に入所した。現在は、ほぼ個室や二人部屋などになっているが、当時はおおぜいで暮らしていて、年上に雑用を言いつけられたり、おやつをとられたりした。

背が低く小柄な板東はいつもいじめられ、職員も見ぬふりをしてかばうことはしなかった。

中学卒業後、山麓《さんろく》にある劣悪な養豚場へ住み込んだ。

学校の成績も悪く、保護者もいないので、人手不足でも応募者がいない労働条件の悪い所しか就職できなかった。ブラック職場だ。朝早くから夜遅くまでこき使われて満足な食事も与えられなかった。栄養状態が悪く、それで背も伸びなかったのだろうか。

辛抱できずに出奔《しゅっぽん》し、万引きや窃盗で生活しているうちに暴力団の構成員になり、使い走りなどをした。肝臓が悪くなって入院したとき、使いものにならないと暴力団からお払い箱になり、破門状も出た。

「病院で何を思い出すんですか？」

「玄関に花が咲くんだ。ここの花壇と同じやつだ」

「ああ、姫ひまわり……」

「あれが養豚場でも咲いてた。花の下に隠れてくすねた餌を食べていたら見つかって、いやというほど殴られた、鼻血が出た……」

「……つらかったことを思い出しちゃうんですね。それでここの姫ひまわりも抜いたんですね」

板東はうんうんとうなずいた。また、涙が頬を伝い、おいおいと声を立て始めた。

「本当につらかったんですね。いやなことはいつまでも忘れられないですもんね」

拓也は板東の背中をなでた。般若と竜が絡む入れ墨のあるがっしりとした背中だ。多くの人を威《い》嚇《かく》したこともある背中。しかし、今は悲鳴をあげている。

拓也は、板東の決して忘れることのできない、体と心に深く入りこんでいる哀しい記憶が、音をたてて燃えているような気がした。民生委員の近松も、涙を流す板東を驚いて見つめている。

拓也は一面に咲く姫ひまわりを頭の中で描いた。豚の餌を食べざるを得なかった頃、その花は咲いていたのだ。可憐な花だけに強烈な思い出になってしまったのか。アパートの花壇を見るたびに嫌な思い出がよみがえり、勝手に退院してきたとき、頂点に達して引き抜いてしまったのか。板東のやったことはたしかに良くないことだが、そうした原因があったのだ。

「あの花が嫌だったんですね」

板東は黙ってうなずいた。

「この花には嫌な思い出があると言って、ほかの花にしてもらえば良かったのに……」

「ばか……、そんなことが言えるか」

「嫌だということは、はっきり言わないと分かりませんよ。ちゃんと話せば家主も了解してくれますよ。謝って、板東さんの好きな花を植えていいかどうか聞いたらどうでしょうか。何が好きですか?」

「うん……、今なら朝顔か」

拓也の小さなマンションのベランダでは、花好きな母が種子から育てた朝顔が芽を出している。

「わたしの家に朝顔があります。持ってきましょうか」

「……へえ、おまえんちにあるのか」

板東は涙目のまま、照れくさそうに、にやっとした。

「ああ、朝顔ならわたしも植えてますからすぐ持ってきます」

近松がようやく活躍する場ができたとでもいうように、さっと出て行った。いつも動いていないとおれない性分のようだ。庭が広くていろいろな花を咲かせ、時々、区役所へ持ってきて玄関に生けている。

「病院はどうしますか?」

板東が渋い表情になった。

「考える前にまず、お酒を抜きましょう。水を飲みましょうか」

もう一本のペットボトルを渡した。保冷剤がまだ利いていて、冷たい。

「うめえなあ」

「お酒をあまり呑むと、肝臓も胃も悪くなりますからね。佐原病院の内科で肝臓も診てもらってますよね。なんて言われてるんですか」

「……」

「がんになったりしたら好きなドラゴンズの応援もできなくなりますよ」

「そうだなぁ……」

板東が急にしんみりとする。

「黙って出てきたことはいけないことでしたね。入院したのは酒を断つためだったのに、こんなに呑んで」

「ああ……」

板東はまた、水を口に入れると飲み干した。

酔いが次第にさめてきたのか、板東はそわそわして、うーん、とうなりだした。

「おれ、わりいことしたかなぁ」

後悔の言葉が出た。今がチャンスだ。

「そうですよ。病院へ戻りましょうか。謝ってもう一度入院してお酒を断ちましょう」

「入れてくれるかなぁ」

「謝るんですよ」

「うん……」

「わたしも一緒に行って、院長に頼みます」

「……そうしてくれるか……」

佐原病院は内科もあるので、肝臓治療には都合が良いが、本当はもっと、質の高い精神科病院へ入院させたい。しかし、いろいろな病院でトラブルを起こしている板東はブラック患者として名前があがっているらしく、入院にあたって診察依頼の電話をした際、三カ所でベッドが空いていないと断られている。

今回で入院は最後にしたい。その後は、何度も頓挫《とんざ》している断酒会に通わせなくては。

「お酒をやめれば入院しなくていいんですよ。これを機会にお酒と縁を切りましょう」

「そうか、酒を呑まなきゃ入らなくていいんだな」

「酒をやめるために、退院したら断酒会へ行きましょう。最初はわたしがついて行きます」

「ほんとについていってくれるんか。おい、約束だぞ」

「ええ、でも板東さんも禁酒を守ってくださいよ」

約束という子どもっぽい言葉を持ち出したのがおかしくて、拓也は思わずくすりと笑った。つられて板東もへへ、と舌を出す。

気が変わらぬうちにと佐原病院に電話した。事務長がくどくどと文句を述べたあと、やむを得ないから連れてくるようにと恩着せがましく言った。鉄原に状況を連絡すると、面接が終わったからすぐ行くと言う。

近松が朝顔の苗を両手に抱えて戻ってきた。額が汗でぬれている。

「これでどうですかね」

「ああ、ありがとうございます」

「家主さんの物件をうちの店が幾つか管理しているから、わたしが頼めば嫌と言わないと思いますよ。板東さん、しっかり謝りましょうね」

板東が謝り、拓也も頭を下げ、民生委員の近松が口添えしたので、顔をしかめていた家主は渋々《しぶしぶ》認めた。

三人で引き抜いた花を片づけ、朝顔を植え終わった頃、鉄原が公用車でやってきた。拓也だけでは道中、何かあったら心もとないと思ったのか、佐原病院へ同行すると言う。やさしい目で板東を見つめた。

「板東さんが退院する頃、咲いているといいですねぇ」

板東は、はにかむような笑顔を見せた。

板東が朝顔を好きだというのは意外だった。何か理由があるのだろうか。たずねたが、いたずらが見つかった時のような顔をするばかりだ。

朝から動き回った板東は疲れたのか、乗り込んだ車内で、すぐいびきをかき始めた。近松が持たせてくれた朝顔の鉢を大事そうに腕の中に入れている。病院に頼んで、病棟の庭で育てたいと言う。

クーラーの利いた車内と違って外は日ざしが強烈だ。赤や白の花を咲かせた夾竹桃《きようちくとう》が連なり、塀沿いに置かれたプランターに、朝顔の支柱が立っている家もある。

朝顔が咲く頃には退院できるようになってほしい。そしたら、断酒会に通うのだ。最初は、約束したように一緒に行かなくては。

板東のように何回も入退院を繰り返す人を初めて見た。そんなにも酒に魅入られ何が良いのか。ほかに楽しみがないのか。目も顔も全体に黄色がかっているから、肝臓も悪くなっているに違いない。早く禁酒させないと命にかかわることになるかもしれない。

佐原病院では佐原院長からこっぴどく叱られた。

玄関で咲く姫ひまわりを見ると、昔を思い出して嫌な気分になるという板東の訴えに、黒縁メガネの奥の細い目が光った。

「内科から肝臓の数値も悪いと連絡がきている。今日、呑んだからもっと悪くなっている。花を気にするより弱い己と闘うことだ。もっと叱りたいところだが、N市の生保実力者、大物の鉄原さんがわざわざお出ましだ。鉄原さんに免じてこれくらいにしとくか。朝顔はみんなに迷惑かけないように、裏庭に置くんだな」

最後は、傍らに立つ鉄原におもねるように言うと、ふっくらした指でパチンとカルテを閉じた。

板東は朝顔を育てることを認められたので、ほっとしたのか、たてつくこともせずに黙っていた。

「板東さん、どうぞ」

板東が、迎えに来た看護師と病棟へ行く時、鉄原が差し出したのは、中日ドラゴンズマスコットキャラクターの描かれたタオルだ。

「もらい物です。これを鉢巻きして応援すると、ドラゴンズはきっと勝ちますよ」

板東の顔色がぱあっと明るくなり、大柄な鉄原を見上げるようにした。

「おお、ええもんだ。ありがとな。おい、あんたも約束忘れるなよ」

朝顔の鉢を小脇に、看護師と去って行った。

帰りの公用車を運転しながら、拓也は五月に佐原病院から帰庁した際、鉄原に、自分ならあんな病院に入院したくないと言ったことを思い出した。その時、鉄原は、随分昔、アルコール依存症を装って精神科病院に入院した新聞記者が書いたルポや、北海道で精神病の開放的な治療をしている実践記録の本を貸してくれた。

「板東さんは、ちゃんと治療して退院できると良いですね……、前にお借りして読んだ北海道の実践記録に比べて、佐原病院は遅れていますね」

「佐原病院だけでなく、日本の精神病患者への対応は遅れている。イタリアには精神科病院がないそうだ」

「え？　どうするんです？　困らないですか？」

「病院ではなく地域で暮らすことが基本なんだ。鍵のない家で暮らして、外出する時は看護師たちが一緒に行ったりする。もちろん入院が必要と考える医師も多くて療養型の施設に入院させることもある」

「暴れたりしたら？」

「病状がひどいときは、一般病院の中に割り当てた精神科病棟があってそこへ入院する。でも、ベッド数が制限されているから厳しく運用されているそうだ」

「人権が守られているんですね」

「それに比べ日本では患者を薬漬けにしたり、生活保護の患者を長く入院させてもうけている所もある。世間の偏見もあるしね」

「長く入院している人も多いですね」

「病院によっては、長期入院していた患者を退院させて、フォローしている。デイケアに通う人もいる」

「……」

「長い間入院していると親族が亡くなったり、つき合いが途絶えて、退院後、帰る所がなかったりする。保証人がいなくてアパートも借りられない。近所の不動産店と連携して、何かあれば責任を持つと約束して借りられるようにしている病院もある。今のところ、たいした問題は出ていないようだ。日本では試みはまだ序の口だね」

「努力をしている所もあるんですね」

板東は入れ墨を誇示していたので、最初、怖い、何をされるか分からないと思ったが、背中をなでて落ち着かせたとき、無防備で、ごく普通の人と感じた。

「板東さんはなぜ、酒に溺れたんでしょうか」

「基本的には寂しいんだろうなぁ。両親に棄てられて児童養護施設で育っているからね。愛情を一番必要とした幼いときに施設に入った。何かと文句をつけられて職員から殴られるのは日常茶飯事。愛情とはほど遠いひどい所だった……気の毒だったよね」

「ええ……」

「中学を出て住み込みで働いたのが劣悪な養豚業者。漢字をほとんど書けず成績も悪かったから、条件の悪い所しか就職できなかったんだ。食事も十分与えられず、たえず空腹で、回収してきた豚の餌を食べたこともあった。豚の餌だよ。豚の餌」

鉄原は、豚の餌、と繰り返した。

「ひどいですね」

「暴力団しか相手にしてくれずに組員になったが上納金を納めないと、大きな顔ができない。四十歳までに幹部にならないとみじめらしいよ。暴力団も厳しいね」

拓也もケース記録を読んだとき、痛ましく感じた。豚の餌はどんなものだったのか。食べずにはおられないほどの空腹とはどんなものだったのか。

拓也は父がギャンブルに凝っていなくなったあと、母が早朝の食堂パートと、昼間はスーパーのレジ打ちを掛け持ちして働いたので何とか暮らせた。就学援助を利用したこともあり、大学は奨学金を借りて通い、高校時代からコンビニでアルバイトもした。それでも、板東のように、廃棄するものを食べたことはない。

窓の外が急に暗くなったかと思うと、雨がフロントガラスに覆いかぶさるように激しく降り出してきた。

「また、梅雨に逆戻りだな。今日は、ほんのちょっとの晴れ間だったね。運転、気をつけてね」

板東の今までの人生はこんな風に、荒々しい雨が続いていたのだろうか。わあわあと大声をあげたり、絶えずトラブルを起こす板東を、基本的に寂しい、と考える鉄原はどういう人なのだろう。

いつも穏やかで落ち着いている。人を見る目が深くて包み込むような温かさがある。生活保護の仕事は人間相手で難しいことが多い。制度を理解できず窓口でわめく人もいるが、動じずにきちんと対応している。

仕事に慣れない拓也が担当している利用者から怒られると、カバーしてくれる。頼りがいのある面接員だ。

鉄原さん、と慕ってやってきたり、電話をかけてくる人が多いことに驚かされる。生活保護から自立したあとも、職場の人間関係や家庭の悩みを相談にくる。中には、以前、勤務していた区役所で担当していた人もいる。

父の失踪で、拓也は人を信じるということができなくなった。いつも斜に構えて傷つかないようにしている。そんな自分が、利用者の立場に立ち、人を信じなければできないこの仕事を続けられるだろうか。

N市は生活保護ケースワーカーの専門職採用をしておらず、一般行政職員が生活保護の仕事に従事する。福祉を学んだことがない拓也は生活保護の知識もなく配属された。自信がないままに、早くよその部署に異動したい、それまでの辛抱と考えて過ごしている。

板東に対しても、うっとうしくて、できれば逃げたい、仕事だからやむを得ない、という気持ちが強い。しかし、今日、鉄原に、「板東は寂しい」と指摘され、退院後、断酒会へつなぐには、いい加減な気持ちではできないことを知らされた。「約束忘れるなよ」と、去って行った板東が真顔だったことから、自身がまっすぐに向き合わないと断酒は成功せず、板東の生き方そのものを左右するのではないかと恐ろしくなる。

「鉄原さんは、なぜ、生活保護の仕事をしようと思ったんですか？」

「うん？」

「相手を信じないとできないし、次から次と問題が起きるのに解決するのは難しい。怒られることはあっても、褒《ほ》められたり感謝されることはまずないですよね」

「ああ、でも、仕事で感謝されることはほかの分野でも少ないね」

「……」

「しかし、この仕事は、時に、困っている人を救ったり、助けることがある。自分のしたことが少しでも役に立ったら、何物にも代え難い喜びがあるね」

「喜び……」

「ほかの仕事ではこんなこと、そうはないじゃないか」

「……」

「ぼくは、もらわれてきた子なんだ」

「えっ？」

「高校二年のとき、戸籍謄本を見たら養子と書いてあって驚いた。交換留学でイギリスへ行くことになって、パスポートとるのに戸籍謄本が必要だった。母が取りに行くと言っていたが、それくらい自分でやる、と黙って区役所に行ったんだ」

「びっくりしますよね」

「産みの親が未婚の母で育てることができずに、生後すぐ、子どもが長くできなかった両親の養子になったんだ。育ての両親が良い人でね、ずうっと実の親と思っていた。本当のことが分かったあとも、愛情は変わらなかった。でも、思春期だったからぐれてね」

「ぐれた？」

「両親は隠さず話してくれて、これからも親子だと言った。でも、実の母が棄てるようなことをしたんだから、自分もその血を継いで、いくら努力しても駄目になるんじゃないか、と不安になった。実の父も誰だか分からない。行方不明だ。産まれてきたことを祝福されなかったから、自分を消したい、なくしたい、と考えたんだ」

「消したい？」

「荒れて、バイクの無免許運転でけがしたり、学校をさぼったり、今、思うとばかなことをしたけど、その時は自分をめちゃめちゃにしたかった……、英語が好きで望んでいたイギリス行きもパーだ」

　現在の鉄原からは想像もできない。

　雨が一層強く降ってきた。街路樹が萎れかけている。遠くで雷が鳴った。

　鉄原が大きく息を吸うのが分かった。

「少年院へ行く寸前だった。でも、周囲が良い人ばかりでね。担任も心配して何度も家に来てくれた」

「……」

「母の弟が大学の教員をしているんだが、ボランティアで勉強や野球を教えている児童養護施設に無理やり連れて行かれて、小学生や幼い子どもたちの世話をしたり、一緒に野球をやった。……最初は渋々行ったんだが、子どもたちが喜んで離れない。帰る時はまた、きっと来て、と別れを惜しむ。だんだん、行かざるを得なくなった……」

「いい叔父さんですね」

「そのうちに落ち着いてきて、自分を見つめることができるようになった。産まれた時から撮った写真のアルバムを見直すと、心からかわいがられて育ったことが十分、分かった」

　拓也は父と写った写真を全部処分した。大企業に勤めていたが、ギャンブルに溺れ、自分や母を棄て、失踪した父を許すことができない。

「気がついたら、ぐれたり荒れている意味が何もない、無駄だということを自覚した」

　フロントガラスの前で白っぽい光が走ったかと思うと、また、雷が鳴った。

「そのあと、いろいろ考えて福祉を学んだ。施設で会った子どもたちの現状を何とかしたい、そのためには、貧困をなくしたい、と思った。健康で文化的な最低限度の生活とは何かを考えてみたかった。偉そうだが、自分の関わるエリアだけでも努力したいんだ」

「すごいですね」

拓也とは、仕事に向き合う姿勢がまるっきり違う。

「もし、両親の養子にならなかったら、板東さんと同じ道をたどっていたかもしれない。ぐれたときも両親はずっと見守ってくれた。愛情たっぷりとね。本当に感謝している。板東さんも誰かが愛情をかけていたら、こんな人生ではなかったかもしれないね」

板東が裏庭に置いた朝顔は、豪雨で水浸しになっていないだろうか。そこに手をさし伸べるのは誰だろう。

鉄原がしみじみと言った。

「ぼくと板東さんの違いは何だったんだろうね」

板東が入れ墨を入れたときはどんな気持ちだったのか。


「朝川さん、佐原病院から電話です。板東さんが亡くなったそうです」

亡くなった？

家庭訪問から帰ってケース記録を書いていた拓也は、何かの間違いではないかと思いながら受話器をとった。

板東は再入院して一カ月たつが、今のところ問題も起こさず、お盆明けには退院を予定している。一昨日、退院後通う予定の断酒会を見学したばかりだ。

病院へ迎えに行ったとき、鉄原からもらったドラゴンズマスコットキャラクタータオルを、「汗を拭くのにちょうど良い。ええもんもらった」と首にかけて現れ、断酒会へ行く地下鉄の中で、

「朝顔が幾つも咲いた」と顔をほころばせていた。

断酒会では、十人ほどの参加者が自身の体験を発言したあと、口々に、「今日一日、断酒することが大事、それを続けること」と話すのを聞いた。

「おれ、できるかなぁ」

板東は眉を寄せて、不安な表情を見せた。

「大丈夫ですよ。今日一日呑まなければいいんですよ。わたしも妻や子どもをどれだけ泣かせたか。どん底を見て、ようやくここまで来たんです」

過去にそんなことがあったとは思えない、落ち着き払った初老の世話人がにこやかに励ましてくれ、板東の顔がやわらぐのを見た。

「亡くなったとはどういうことですか？」

「同じ部屋の人とけんかして殴られたんです」

病棟の看護師は抑揚のない声で答えた。

そんなことがあるか。入院しているのに暴力で亡くなるとは。受話器を持つ手が震えてくる。そんなばかなことがあってたまるか、うそではないかという思いが駆け巡り、ぐわぁん、ぐわぁん、と頭をたたく。

急いで病院へ駆けつけた。

大きな音でテレビを見ていた同じ部屋の若い男に、イヤホンをつけるように注意したことで争いになり、民生委員の近松からもらって裏庭で大事に育てていた朝顔の鉢を壊された。殴りかかって反対に突き倒されてコンクリートで頭を打った。

ほぼ即死だった。

拓也の心の中に、相手の男に対する怒りが激しい音を立てて沸き上がる。

以前は、何かあるとすぐ手を出していたが、「最近は我慢している」と話してくれたばかりなのだ。

板東に親しい身内はいない。

両親はすでに死亡している。弟がいるが幼い頃別れたままで音信不通だ。住民登録地が記載してある戸籍の附票を調べたが、最後は東京の山谷《さんや》で、職権消除されている。弟も板東と同じような不遇な人生を送っているのだろうか。区役所が葬儀をおこなわざるをえない。葬儀店が呼んだ僧侶が簡単に読経をしたあと、火葬場へ運ばれ、拓也が骨を拾った。

「そんなことしなくていいよ。ただでさえ忙しいんだから、葬儀店に任せておけばいいんだ。あとで請求書と一緒に遺骨を持ってくるさ」

藤谷があからさまに、ばかか、という顔をして言い募ったが無視した。ばかでも良い。ようやく心がつながりそうだったのだ。これから、またさまざまなことが起こって、一度では断酒できると思ってはいなかった。それでも、板東は新しい道に踏み出そうとしていたのだ。その傍らに自分も寄り添いたかった。自分が、まだ努力をしないうちに、板東がいなくなってしまった。気持ちのおさまりがつかない。

遺骨を手にして、拓也は板東との不思議な縁を感じた。この仕事に就かなかったら一生、会うことはなかっただろう。入れ墨を見て恐怖を感じたこと、口をへしゃげたり、断酒できるか不安そうだった顔が思い出される。板東の骨はまだ熱い。板東が、悔しい、もっと生きたい、と吠えている気がした。大声で、わあぁ、と叫びたくなるのをこらえた。

N市では、引き取り手がない遺骨は社会福祉協議会に依頼して、管轄の無縁仏殿に安置することになっている。唯一の弟が現れる可能性は低いから、将来は無縁仏になるだろう。

単身者が亡くなったとき、遺留金品を調べる現場確認をする。近松民生委員と家主が立ち会って部屋を調べたが、めぼしい物や金はない。朝顔に何か思い入れがあるのかもしれない、何か参考になるものが出てくるのでは、と期待したが何もなかった。

両親に棄てられる前、父か母と植えたことがあったのでは、と想像する。そうあってほしいと願った。

さつき荘前の朝顔は、赤、青、紫、と色とりどりに咲いた。その前を通ると、板東に見せたかったと思う。

咲いたよ、板東さん。

心の中で語りかける。

第二章　桃

九月も半ばに入り、細い雨が降りしきる。天気予報は、秋雨前線がN市付近に長くとどまると報じている。

中央区役所の保護係は一階奥にある。わたしが夫の誠と営む近松不動産店は幾つか古いアパートを管理していて、今日は生活保護利用者に頼まれて、家賃証明書を担当の朝川拓也ケースワーカーに届けに来た。

事前に連絡していたので、朝川が自分の席にいるのが見える。声をかけようとしたそのとき、保護係のカウンターにある腰高の戸を開けて、廊下側の通路から飛び込むように入った子どもがいた。

朝川の近くまで行くと土下座をして大声を出した。

「お願いですっ。生活保護にしてください。お金がなくて生きていけませんっ」

桃だ。今日は学校がある日なのに、どうしたのだろう。小学三年生の矢野桃は、父の栄太と母の雅恵、五歳になる陽太の四人で暮らしている。二年前に岐阜からこのN市にやってきて、わたしの店の仲介で、同じ町内にある古びた二DKのこまどり荘へ入った。

「何をしているの、やめなさい」

驚いた朝川が起こそうとすると、「いや、いや」とわめいて机の脚にしがみつく。面接員の鉄原耕作が奥からやってきて、ふたりで引き離した。

色白の顔が赤らみ、涙をぽろぽろ流してしゃくりあげている。アニメの主人公がプリントされたTシャツは薄汚れて色あせ、ぱさぱさの長い髪を輪ゴムでひとつに縛っている。運動靴は水たまりに入ったのか、ずぶぬれだ。赤い傘を床に置いている。

わたしは同居する夫の母が骨折で入院し、洗濯物を届けたり車イスで院内を散歩する手伝いのため、病院通いが続いている。以前は学校帰りの桃を店の前で見かけたが、最近は会うこともなかった。

桃はいつの間に、こんなに薄汚くなったのだろう。

夏休み前はもっとこざっぱりした服を着ていた。服だけでなく体全体が貧相に見える。元々、小柄だが、栄養も行き届いていないように思われる。食事はきちんととっているのだろうか。

桃はまだ頬が涙でぬれ、手でさかんに涙を拭っている。鉄原がポケットからハンカチを出して桃に渡すと、目に押し当てた。

「この前、相談にみえた矢野さんのお子さんだよ」

鉄原が朝川に告げている。

「桃ちゃんと言ったよね、こっちで話そうね」

鉄原が促して三人で面接室へ入って行った。立ち上がった時に見えた紺色の短パンツもところどころ染みがある。

生活保護の相談？　前にも一緒に来た？　それにしても親はどうしたのだろう。

入居時に話した勤務先は、父親の栄太が建築工務店で、母の雅恵は二駅離れたパン店になっていた。栄太は体が大きく、頭に剃りを入れていて、細くて吊り上がった目がいつも赤い。三十二歳とまだ若いのに、もっこり、腹が出ている。三歳年上の雅恵は桃とよく似て目鼻立ちがすっきりとしているが、どことなく崩れた感じがした。

民生児童委員をしているわたしは幼いとき、父が病死して、長屋で子ども相手の駄菓子屋をするかたわら、和服の仕立てをしていた母に育てられた。母が忙しいときは店番や家事をしたり、二歳違いの弟の世話をした。子どもの頃貧しかったせいか、他人が苦しい生活をしていると手を貸したくなる。民生委員は地域で困っている人がいれば解決のために努力することが求められる。夫から、「世話好きのもと子にぴったり。あと十年、七十歳くらいまでできる」と言われている。

面接室の様子は廊下からは分からない。隣の介護保険課で義母の退院後について相談してから、再度、保護係の前に来ると、面接室のドアをバーンとたたきつけ、栄太が肩を揺すりながら出てくるところだった。いつの間に来たのだろう。

「ぐちゃぐちゃ言うなよ。おい、桃、帰るぞ」

大声を出す栄太のうしろから、桃が萎《しお》れたようについてくる。うつむいていて、泣いているようだ。

「矢野さん、まだ話が終わってないですよ。きちんと話しましょう」

鉄原が声をかけているが、無視して廊下へ出てきた。わたしと目が合った。

「おっ、いいとこで会った。近松さん、聞いてくださいよぉ。役所が冷たくて、もうすぐ干ぼしですわぁ」

「干ぼし？」

「そう。おれんちが困ってるのに血も涙もないね、こんな小さな子がいるのに」

そのうしろで、鉄原が苦笑いをしている。

「短気を起こさずによく聞いてください。困っていたら生活保護は利用できるんです。今、いろいろ説明をしている途中ですよ」

栄太は聞く気はなく、なおも吠える。

「桃は心配で俺が止めるのを振り切って、学校も行かずにやってきたんだ。親孝行な子ですわ」

桃は声を出さないが、頰に涙が光っている。親がこんなにわめくのを見て、いやにならないだろうか。

「矢野さん、どうしたんですか？　鉄原さんがまだ話したいと仰っているからよく話したらどうですか」

「うん？」

「桃ちゃんは今日、学校はどうしたんですか？　休んだんですか？」

栄太が黙った。鉄原が面接室を指さす。

「説明の途中ですし、貯金の額とか、まだ細かいことをお聞きしなくてはなりません。さあ、どうぞ」

保護係を訪れた人たちが、何だろう、と不思議そうにこちらを見ている。わたしはいたたまれない気がした。桃はこんな所にいたいだろうか。栄太に無理強いされてきたのではないか。とっさに口にしていた。

「桃ちゃんは学校へ行かなきゃいけないんじゃないですか。わたしが今から学校へ送っていきましょうか」

朝川がすかさず答えた。

「矢野さん、民生委員さんにお願いしましょう。学校へはわたしが遅刻すると連絡しておきます」

栄太は顔をしかめながら渋々うなずいた。

折よく、今日は他へ回る用事もあり、車で来ていた。

用事は明日にまわせば良い。車に乗る前に、区役所の玄関前にある自販機で缶ジュースを買って桃に渡した。桃と同じ名称のピーチジュースだ。

桃を助手席に乗せて走り出そうとすると、小声で「ランドセルを家に置いたまま」と言う。

「おうちへ寄ってランドセルを持ってから行こうね。喉《のど》が渇いたでしょ、ジュースを飲みなさいな」

上目遣いにわたしを見た。ほっとしたような、これから何が起こるか、不安そうなおびえが混じった顔だ。もう一度促すと、ジュースを飲み出した。

「おなかもすいたでしょ。ちょうど、給食に間に合うわ。良かったね」

給食と聞いて、顔がほんの少し明るくなった。

「陽太ちゃんは保育園に行ったの？」

黙ってうなずく。母親の雅恵はどうしたのだろう。なぜ、生活保護にしてほしいと言ったのか。栄太が失業したのか。

「ママはどうしたの？」

桃は返事をしない。話せないことなのか。話したくないことなのか。聞きたいことは幾つもある。

「パパは桃ちゃんと一緒に区役所に来たの？」

何気ない口調でたずねる。ややあってから、「はい」と答えた。

「あら、桃ちゃん、ひとりで来たかと思った。朝川さんの所に飛び込んで行ったから……、おばさん、ちょうど、区役所に用事で来たときだったから見てたの」

「えっ」と声にならない声がして、ジュースを持つ手が少し震えた。聞くんじゃなかった、と悔やんだとき、か細い声がした。

「パパがそうしろって……、パパは隠れて見ているからって……、セイホにならないとご飯食べられん、陽ちゃんの好きなものだって買えないぞって、わたしはがまんするけど陽ちゃんがかわいそうだから……」

ご飯が食べられない。栄太はそんなことを言って、桃を使ったのか。しかも、離れた場所で桃がやることを見ていた。胸の内がもやもやしてきた。

ご飯と言えば思い出すことがある。

小学生のとき、家賃を払ったら米が買えないことがあった。家賃を取りに来た家主に、母は、

「半分だけ入れさせてください。今日の米が買えないんです。お願いです」と頼んだが、「何を言ってるんだ。こっちだって都合があるんだ」と突っぱねられた。

家主が帰ったあと、母は残り少ない米を炊き、「母さんはあとで食べるから、あんたたち先にお食べ」と言った。弟はさっさと口に運んだが、わたしは、「母さん、半分こしよ」と言い張った。母はわたしをぎゅっと抱きしめ、流した涙が頰に伝わり、一緒に泣いた。弟も不安に駆られたのか泣き出した。

あれは何年生のときか。今の桃と同じ年頃ではないか。あの時、どうしたのだろう。あまりにわたしが言い募ったので、半分ずつ食べたのではないか。抱きしめられたことが強烈に残って、ご飯のことはぼやけている。そのあとも貧しい生活が続いた。そんなことがあってから、家の前のほんの小さな空き地にネギやさつま芋を作った。花が好きで季節の花を植えたかったが、食費を助けるための野菜が優先した。

結婚して、広い庭に自由に野菜や花を植えることができ、どんなにうれしかったか。夫や義母は畑仕事にまったく関心がない。放置されていた梅に肥料をやり手をかけたら、今では立派な実がとれるようになった。

梅干しや梅シロップ、梅酒を作っている。野菜のほかに幾種類もの花も咲かせ、店や家の中に花を絶やさないようにしている。

栄太がどんな態度であろうとも子どもには関係ない。梅シロップと野菜を、夕方、届けようかと考えていると、桃がジュースを飲むのをやめて、しくしく泣き出した。

「桃ちゃん……」

「陽ちゃんが……かわいそう」

鼻水が出ている。ポケットティッシュを渡すと右手で受け取った。そのとき、右の手のひらに、ボールペンで小さな字が書いてあるのが見えた。

お金がなくて生きていけません
栄太に言われたセリフを忘れてはいけないと書いたに違いない。桃は左利きだ。家賃のことで訪問したとき、左手でじゃが芋の皮をむいたり、にんじんを切ってカレーライスを作っていた。あのとき、栄太はテレビを見ながら紙パックの酒を呑んでいた。こんな小さな子どもに夕食を作らせて自分は酒を呑んでいると思うと、つい、険しい表情になったのだろうか。栄太が慌てて、「桃がやりたがるもんだから」と言い訳がましいことを言ったのが思い出される。

今日も父親に言われて桃はどんな気持ちになっただろう。間違えないように道々、暗記しながらやって来たのか。どういう父親だ、という憤りが激しく突きあがってきた。

これは虐待ではないか。ひょっとして、体に暴力を受けていないだろうか。民生児童委員研修で、外から見えない所に暴力を振るうことがあると聞いた。桃は痩《や》せて小柄だ。食事をちゃんととっているだろうか。

「どっか、体に痛い所はない？」

こんな聞き方ではいけない、と思いながらついたずねてしまった。桃は黙ってかぶりを振った。たとえ、暴力を振るわれていても正直に答えるだろうか。もっと心が通い合っていたり、専門家ならうまく聞くことができるのにと考えると、自身が歯がゆい。話題を変えようと、ことさら快活な調子で言う。

「ジュース、全部飲んだら」

桃はジュースをまた、抱え込んだ。

「このジュース、陽ちゃんに持っていく」

「えっ」

「陽ちゃん、ジュース好きだから……」

「陽太ちゃんには新しいのを買ってあげるから、心配せず飲んでいいのよ。今日の夕方、おうちへ持って行くから……、さあ、出発するわよ」

痛ましくて涙がこみあがる。横を向いて涙を拭ってから、車をゆっくりスタートさせた。

「あのね……」

桃が意を決したように口を開く。

「……ママがいなくなったの、うちを出て行った……」

胸をかき乱される言葉が礫《つぶて》のように飛んできた。

雅恵がいない。家を出て行ったとはどういうことか。けんかでもしたのか。離婚したのか。桃とよく似た長いまつげや小さな口、白い顔が浮かんだ。

初めて店に来たとき、よもやま話に栄太が、「ガキができたので届けを出した。できちゃった婚だ」と言っていた。見ていて、夫婦は何かしっくりこないところがあり、ふたりの気持ちが離れているような気がした。雅恵は子どもができたから仕方なく栄太と一緒になったのだろうか。

「ママはいつ出て行ったの？」

「……陽ちゃんの誕生日、七月十四日……」

夏休み前だ。桃は胸の中でこらえていたものを吐き出すように続けた。

「陽ちゃん、誕生日のお祝いをしてもらっていない。楽しみにしてたのに。だから、ジュースを……」

思わず桃を抱きしめたくなった。

「ママがいたときはお祝いしてくれたの？」

「……わたしのとき、オムライス作ってくれた。卵がふわっとしておいしかった。陽ちゃんも作ってと言ってた……」

桃はいつになくよくしゃべる。母を思い出しているのか。夏休み中、給食がなく、食事もきちんととっていなかったのではないか。桃の顔も腕も、前より一層、小さく細くなっている。髪がぱさぱさで潤いがなく伸びたまま、洋服も洗濯していないようだ。

雨が激しい勢いで降りだしてきた。こまどり荘へ寄り、ランドセルを持ってから学校へ向かった。

駐車場から教室へ向かう途中、桃は赤い傘を大事そうに広げた。マンガの登場人物が描かれている。

「あらぁ、かわいい傘ね」

「ママが買ってくれた。雨の日、好き。傘させるから」

桃はちょっぴり誇らし気に、この日初めて笑顔を見せた。

中央区役所の朝川生活保護ケースワーカーから、矢野栄太一家の生活保護が決定したと電話があった。

酒好きな栄太が二日酔いで仕事を休むことが続き、解雇されたのが一家の暮らしが崩れていく発端だった。別の店で働こうとしたが、悪い評判が広がっていて雇われず、そのうちに、足をくじいたり血圧が高くなって働けない日が続くようになった。雅恵はパン店の勤めのほかに、夜、スナックで働きだして客と親しくなり、栄太といさかいが続き家を出た。雅恵は既にその男性と暮らしていて、子どもはいらないと言い張り離婚した。桃と陽太の親権は栄太が持ち、ふたりを育てることになった。栄太はハローワークで軽い仕事を探しているが、高血圧のため無理はできない。

朝川は、「父親の体調が落ち着けば本格的な仕事探しをするように指導する。子どもふたりのことが心配なので、矢野家の訪問をときどきお願いしたい」と言った。

父子世帯を担当するのは初めてで、しかも子どもたちがまだ幼い。離れて住む孫たちと同じような年頃のふたりだ。母親と別れて寂しくはないだろうか、考えると子どもが気の毒だ。

桃が陽太と手をつないで、保育園から帰って来るのを見たこともある。なぜ父親が迎えに行かないのか、栄太に路上で会ったとき、たずねると、「仕事を探しに行っていた。保育園にも桃が迎えに行くことは許可を得た」と答えたが、酒の臭いがかすかにして、信じられない気がした。

栄太は、子どもをダシにして生活保護になったと考えているようだが、鉄原面接員の言うように困っていたら利用できる。桃を土下座させて自分に有利にしたつもりなのだろうかと考えると、浅はかな栄太への嫌悪感が募ってくる。

しかし、子どもには罪がない。義母の病院へ通いながら、作ったおかずや野菜を届けるという名目で、矢野宅を訪れて様子を見ることにした。

栄太はほとんど留守で、「パパは？」と問うと、桃は、「仕事探し」、「友達の所」などと返事をする。そんなとき、目がきょろきょろしたり、顔がこわばることがあり、栄太からそのように答えるように言い含められているのではないかと思う。警戒心が強く、余分なことは言わない。母親にべったり甘えている四年生の孫娘と比べて年下なのに、あまりにもしっかりしている。時々、おとなの顔色を窺《うかが》うような素振りも気になる。

なじみの美容院へふたりを連れて行った。

桃は伸びた髪を自分でハサミで切り、ところどころギザギザになっていたが、そろえてもらってすっきりした。手を髪に当て、はにかみながら鏡をちらっと見た。陽太も伸び放題になっていた髪を短くした。眉は太く、小さな目はやや吊り上がり気味で栄太に似ている。

孫娘の、小さくなって着られなくなった洋服をもらってきて、アイロンをかけ、何枚か持っていった。陽太には新しい物を買った。桃は戸惑う目をしたが、袖を通すと、頰が緩んだ。陽太も慣れてきたのか、時々、わたしの膝の上に乗り、「ママ、いない」とつぶやいてべそをかく。抱きしめるとうれしいのか、「うふふ」と笑う。それで安心するのか、しばらくすると立ち上がって、「遅くなったけど誕生日プレゼント」と渡したオモチャの自動車を畳の上で走らせ、また、「抱っこ」と肩に寄りかかる。桃はけっして、「ママ」と口にせず、陽太が言ったときも知らん顔をしている。

色とりどりの色紙を持参して、折り紙をした。陽太は飛行機が好きで、狭い部屋の中で飛ばすことに夢中だ。桃は鶴やパンダ、やっこなどを教えると上手に折るようになった。絵本を持参して一緒に読んだ。

そんなことを繰り返しているうちに、桃の硬かった表情に柔らかさが出てきて、口は重いものの、ときどき、にこっとする。桃が笑うと陽太もはしゃぐようになった。この子たちはようやく子どもらしくなってきた。胸のうちで温かなものが広がる。

雅恵は、こんな可愛い子どもたちを本当にいらないと言ったのだろうか。早く離婚したくてそう言ったのではないか。会わずにおられるのだろうか。思い出すことはないのか。自分の考えは古くて、今の若い人はもっと割り切って考えるのだろうか。

いつかはふたりに会いに来てくれますように。実現しない願いを無理に考えている自分に苦笑した。

秋の日差しが、店の前に置いてある赤と黄色のポーチュラカを植えた白いプランターに反射してまぶしい。

明日は小学校の運動会がある。今年は熱中症対策で、朝早く開始して午前中で終了する。

桃はクラス別対抗リレーで、選手のひとりに選ばれた。つい先日、学校帰りにやって来て、恥ずかしそうに口をすぼめながら教えてくれた。

「まあ、すごいわねぇ、応援に行くから頑張ってね」

「おじさんも行くよ。こうやって、ガンバレ、ガンバレって言うよ」

店の奥から出て来た夫が手をメガホン代わりにすると、ふわっとした笑いを浮かべた。

桃は小柄で背も低いが敏捷《びんしょう》で、かけっこは得意だ。勉強は同級生に追いついていくことがようやくだが、何かひとつでも自慢できることがあれば良い。

料理好きの腕を振るって弁当を作りたいところだが、競技終了後、給食を食べるから必要ない。その代わりに、今日の夕食は明日の優勝を祈ってゲンを担ぎ、豚カツと煮物を作って持って行くことに決めた。

栄太はひと頃、ハローワークへ仕事探しに行っていたが、また、酒を呑んで帰ってくることもあるようだ。豚カツの用意をしながら、できあがって届けに行ったとき、様子を見ることにした。

電話が鳴った。朝川からだ。早口で慌てている。

「矢野栄太さんが救急車で日赤病院に運ばれたそうです」

「えっ、どうしたんですか」

「居酒屋で気分が悪くなって倒れたそうです」

こんな早い時間からもう呑みに行っていたのか。今は、昼から呑める店も多い。呑み過ぎたのではないか。倒れた時は名前や住所、生活保護を利用していることをしゃべったが、すぐ意識がなくなったという。

「血圧が高くて以前は通院してましたが、最近は大丈夫だ、と通院してませんでした。行くように何度も勧めてたんですが」

それなのに酒を呑むとは。何を考えているのか。

朝川は、「今から日赤病院へ行くので、桃と陽太の世話をしてほしい」と頼んだ。

店で夕食を食べさせ、朝川からの連絡を待つことにして、こまどり荘へ急いだ。ちょうど、桃が陽太を保育園から連れて帰宅したところだった。

「パパが病気で入院したから、おばさんのおうちでご飯食べようね」

「入院?」

桃は不思議そうな顔をした。信じられない様子だ。朝、元気だったので無理もない。細かいことを話しても心配するだけと思い、それ以上は黙った。

タンスはない。衣類箱や大きなビニール袋に無造作に突っ込んである下着や服を取り出して、持参した大きめの風呂敷にくるみ、オモチャの自動車も入れた。

「冷蔵庫開けていい? 悪くなっちゃうといけないものが入っているか、ちょっと見たいの」

桃がいぶかしげな顔をしながらそれでも頷いた。

マヨネーズ、のりふりかけ、お茶漬けのもと、梅干しだけだ。こんなものを食べているのか、と胸が詰まる。

店へ戻って、台所と続きの六畳間で、オモチャの自動車と折り紙で遊ばせながら、手早くサラダと煮物を作り豚カツを揚げた。

「ちょっと早いけど、ご飯にしようね」

朝川から連絡があれば、ことによっては、すぐ出かけなければいけないかもしれない。夫は町内の会議で出かけていてまだ帰らない。

「たくさん食べて大きくなるのよ。お代わりあるからね。明日、桃ちゃんは走るから力をつけなきゃね」

豚カツを口に入れようとした桃が、思いつめた顔をして、箸を置いた。

「おばさんは食べないの？」

「おばさんはあとからおじさんと一緒に食べるから」

「……わたしたちが食べちゃうから、おばさんの分がないかと思った……」

「えっ」

「ねえちゃんはいっつも、パパの分がなくなったらいかんと言って、自分は少ししか食べんよ」

「……」

夕食の量が少なくて、栄太が遅く帰ってくるとき、自分は食べないで父親の分をとっておくのか。

驚いて桃を見る。どぎまぎして目をそらした。

「陽ちゃん、そんなこと言わなくていい」

「だって、ほんとだもん」

「あらぁ、そんなこと心配してたの、大丈夫よ、ほら、こんなにある……」

安心させようと思い、豚カツを持ってきて見せた。

「ああ」

桃の顔に安堵《あんど》の色が浮かんだ。

「桃ちゃんたちがもっと欲しかったら、また、揚げるから心配しなくていいのよ」

目じりに涙がにじむ。急いでエプロンで拭いながら明るい声を出す。

「どっちがたくさん、食べるかな」

「ぼくだよ」

陽太が素早く右手をあげた。栄太に似てがっちりした体をしている。

デザートに寒天で作ったみかんゼリーを食べさせていると、朝川から電話がきた。

「矢野さんはくも膜下出血で意識が戻りません。今、集中治療室にいます。危篤状態なので、医師がすぐ親族を呼ぶように言っています」

「えっ」

くも膜下出血とは思いもよらなかった。後頭部をバットで思い切り殴られたようなひどい痛みだと聞いたことがある。危篤、親族を呼ぶように、という言葉がぐるぐる点滅する。

「今からふたりを連れて行きます。ほかに身内は?」

「両親は亡くなっているし、お兄さんがひとりいるんですが、居所が分からなくて音信不通です」

電話を終えると、桃が心細そうな目をして見つめる。

「パパは?」

ひと息入れてから返事をする。

「お医者さんがパパに会いに来てくださいって言っているから、病院へ行こうね」

陽太も落ち着かないのか、体を揺すり始めた。

集中治療室は寝泊まりができるのだろうか。ふたりの着替えをふたつのカバンに分けて入れていると、夫が帰って来た。台所でふたりに聞こえないように、手短に状況を説明する。

「大変なことになったな。明日の運動会、桃ちゃん、出たいだろうになぁ」

運動会に出番を得たことで、口数少ない桃は、表情には出さないが、内心、晴れがましく思っているだろう。運動会には行かせたいがどうなるか。

「ちょうど、良かった。いいものもらったから持っていきなさい。気をつけてな」

夫はふたりの頭をなでながら、あめとクッキーを渡した。菓子店主が会議の参加者にくれたと言う。

桃は不安そうな面持ちだが、陽太は菓子を握ってにっこりした。

車を発車させると、陽太はすぐ寝息を立て始めた。桃はその隣でじっとしているが、重大なことが起きていると感じているのかもしれない。

夕方の渋滞が始まり車が進まない。道路沿いに咲いているピンクと赤いコスモスが夕闇にぼんやり浮かんでいる。意識が戻らない栄太は、ひょっとしたらこんな花をもう見ることはできないのだろうか。いやいや、それでは、あまりに桃や陽太がかわいそうだ。

集中治療室の前で朝川が、マスクとビニールの帽子、エプロンを身に着けて待っていた。

「本来は子どもはショックが大きいので面会できないそうですが、やむを得ないということで許可がおりました。これをつけてください」

わたしたちも朝川にならって防着をつけ、インターホンで中にいる看護師に連絡をとると、ドアが自動で開いた。桃が手を握ってきた。緊張しているのが分かる。起こされた陽太は眠そうに目をこすっている。

広い部屋だ。薄暗いあかりの下に、カーテンで仕切られたベッドが幾つもある。どこからかすすり泣く声がして、沈鬱《ちんうつ》な湿った空気が広がっている。看護師が何人もいるが、声を立てずに動いている。

「こちらです」と言われてカーテンを開けると、病衣を着た栄太が口と鼻に管を入れ、点滴をして横たわり目を閉じていた。「人工呼吸器をつけ、酸素吸入をしています」と看護師は低い声で説明した。頭上にある計器がチカッ、チカッ、と時折、数値を変える。桃の手に力が入るのが伝わってきた。

「パパ、どうしたの？　パパ」

桃が呼ぶが栄太は微動だにしない。また、桃が声をかける。

「ねえ、パパっ」

「パパ、寝てるね」

ようやく目が覚めたのか、陽太が不思議そうに言う。

医師がやってきた。三十半ばと思われる女性だ。

「耳は聞こえているから声をかけてあげてください。足もさすってあげてね」

耳だけなのか。目はもう開けられないのか。

桃が、「パパ、パパ」と言いながら、「うっ」と声をあげた。その声に驚いたのか、陽太も泣きべそをかき始めた。無理もない。朝は元気だったのに、こんな姿になり、目を開けず、しゃべれないとはおとなでもショックを受ける。桃が、「うぉん、うぉん」と声にならない声をあげて、わたしにすがりついてきた。震えているその小さな体を上からおおうようにして抱きしめた。

医師がもう一度、繰り返す。冷たい響きがする。

「声をかけて、足のマッサージもしてね」

マッサージは本当に効くのか。気休めではないか。小さな子どもを前にして、何という非情な語りかけだろう。異様な雰囲気を感じたのか、陽太が、「あぁ、あぁ」と泣きだした。

栄太は手術をすることもできない状態で、急変するかもしれないから、病院内で待機するように言われた。

「雅恵さんに連絡して、お子さんたちを引き取れるか打診します。連絡先が不明なので、戸籍の附票から住民登録地を探すことになり、時間がかかるかもしれません。行き先がなければ、まず一時保護所に入所し、そのあと、児童養護施設に入ります」

説明をしたあと、朝川はいったん職場へ戻り、今後について児童相談所と相談することになった。

桃と陽太を連れて、患者の親族が休憩したり、寝泊まりする部屋に入った。中には誰もいない。長椅子が六脚と、一枚五十円の貸毛布がある。こんな所で寝るのかと思うが、仕方ない。

まぶたの閉じかかった陽太を毛布の上に寝かせた。桃は声をたてずに泣いている。母に去られたあと、心細い思いをしながらきっと自分を奮い立たせて頑張ってきたのだろう。酒を呑み、子どもに愛情を注ぐこともしない父だが、それでもほかに誰もいないから頼りにしていたに違いない。その父が目をつむったままだ。心の中でパニックを起こしているに違いない。

栄太に万一のことがあれば、桃と陽太はどうなるのだろう。離婚したとはいえ実の親だから、母が引き取るのだろうか。その母は男性と住んでいる。母が引き取ろうとしても、相手の男性が承知するだろうか。たとえ引き取っても、同居している男性が、女性の連れ子を虐待する話がよく報道される。

こんなにもいたいけで、健気な桃がそんな目に遭うとしたら哀れだ。

児童養護施設は、二年前、民生児童委員研修で見学したことがある。古くなった建物を改築したばかりで、部屋は個室と二人部屋、四人部屋とあり、静養室、広い食堂、浴場、小運動場などがあり、過ごしやすい印象を受けた。以前は、雑居部屋で暮らすことが多かったが、現在はほとんどこうした部屋の造りという。

しかし、部屋は良くなっても、新しく人間関係を築くのは難しそうだ。口重な桃や、甘えたい盛りの陽太が、はたしてうまくなじむことができるだろうか。

子どもは親を選べない。なんということか。次第に気分が沈み込む。桃はさめざめと泣きながら、わたしにしがみつくようにして寝入った。

涙で頬がぬれている。そっと拭き取ると小さな口が「ママ」と呼んだ。

救急車のサイレンがしきりにする。夢うつつに聞き、はっとして腕時計を見ると、朝の六時を過ぎている。

かたわらの桃も陽太も寝入っている。窓の外が明るくなりつつある。今日は運動会だ。あんなに楽しみにしていたのに欠席せざるをえない。ふたりが寝ているうちに、と急いで外のコンビニへ行き、おにぎりとお茶、バナナ、ヨーグルトを買って帰った。

「おばさんっ」

休憩所の入り口に桃が立っていて、抱きついてきた。

「どっかへ行っちゃったと思った、置いて行かれたって……」

「桃ちゃん……」

起きたらいなくて驚いたのだろう。ぎゅっと抱きしめた。肩が小さく震えている。

「ごめんなさい、心配かけたね。今、コンビニでおにぎりを買ってきたのよ、ほら」

「ああ」と声をあげ、また、しがみつく。その声で陽太が目を開けて、ぼんやりした顔を向けた。

食事をしながら、陽太が気がかりそうに言う。

「パパ、まだ寝てるかなぁ」

また、あの暗い部屋でもの言わぬ栄太と面会するのかと思うと、ふたりが哀れで気が重い。

朝川が現れたのは、栄太との面会が終わった昼すぎだった。栄太はまだ意識不明だが、最悪の危機状況は脱し、しばらく様子をみるという。朝川に続いて、児童相談所の職員という男女ふたりが顔を見せ、そのうしろに女性がいる。

「あっ、ママ、ママだっ」

陽太が長椅子から飛び下りて女性に飛びついた。

母親だ。明るい栗色に染めたロングヘア、えんじ色のワンピースにベージュ色のジャケットがよく似合い、こまどり荘にいたときより一段ときれいで、年齢よりずっと若く見える。雅恵は軽く頭を下げたが、取りたてて礼を言うわけでもない。

「お母さんの雅恵さんと連絡がついて、来ていただきました。しばらく預かるとおっしゃっています」

母親が引き取るのか。今、どんな生活をしているか分からず、一抹の不安もあるが、やむを得ない。

陽太が雅恵の手を握って抱っこをせがむ。雅恵は不承不承という様子で抱いた。陽太は雅恵の顔に自分の頬をくっつけて、「キャッキャッ」と喜んだ。桃はぎこちない硬い表情をしたままで近寄ろうとしない。

「栄太さんに面会は?」

朝川が雅恵にたずねる。

「会いません。もう関係ないですから。わたし、彼氏と暮らしているから来たくなかったけど、陽太がまだ小さいし、彼が少しの間なら子どもを預かってもいいと言ったんで」

あまりにもはっきりしたきつい言い方にたじろぐ。

「じゃあ、これで。桃、行くよ」

「……」

「ママは忙しいから早くしなさい。荷物、持って」

わたしが衣類の入ったふたつのカバンを桃に渡そうとした。

「いや」

「なに、言ってんの」

「行かない。ここにいる」

「ここはだめなの。ママの家に行くの」

「パパが治るまでここにいる」

「パパはいつ治るか分からないよ、さあ、行こ」

雅恵は陽太を抱きながら、片方の手で桃の左手を強く引っ張った。桃はその手をさっと振り払った。

「いやだ。ママはわたしと陽ちゃんをいらないと言ったもん。わたしたち、いらん子だもん」

「……あれは理由《わけ》があったのよ、桃もおとなになったら分かるわよ」

「分からなくていい」

「……」

「パパって呼んでも返事しない。パパひとりにしたらかわいそう……」

桃はあふれる涙を拭おうともせず、雅恵に言い続ける。日頃の桃からは想像もできない強い口調だ。栄太はけっして良い父親ではないが、それにもまして、桃は自分たちを棄てた母を許せないのか。しかし、栄太は意識不明だ。たとえ回復しても子どもを育てることができるかどうか分からない。雅恵が引き取らなければ、児童養護施設に行くことになる。朝川が桃の目と同じ高さに屈んだ。

柔らかな表情で目をのぞきこむ。

「桃ちゃん、ママはすぐきてくれたね。桃ちゃんと陽太ちゃんのこと心配してたんだよ。パパはまだ目が覚めないから、ママの所へ行ったらどう？」

「……」

「ママは忙しいから早くぅ」

雅恵がいらいらした様子で時計を見る。

「ねえちゃん、行こぉ」

陽太が抱っこされながら手を伸ばす。桃は強くかぶりを振った。

「急な展開で気持ちがついていかないのかと思います。様子をみたらいかがでしょう。雅恵さんの所に行かないなら、まずは一時保護所に入ります」

児童相談所の職員がこうした扱いに慣れているのか、雅恵と桃の顔を等分に見て審判を下すように告げた。

雅恵は形の良い眉をひそめた。「せっかく来たのにぃ」と、声にならない口が動いた。

陽太は、「ねえちゃん」と泣き顔だ。桃は涙を浮かべているものの、足が床に生えたように動こうとしない。

雅恵が陽太の衣類が入ったカバンを持った。くるりと向きを変えたとき、目が潤んでいるように見えた。そのまま陽太を抱いて逃げるように去って行く。陽太が、「ねえちゃぁん」と、身を乗り出すようにして桃を見ながら声を張り上げた。

桃の目から新しい涙がぽろり、ぽろりと流れる。一瞬、足がわずかに前へ動いた。それでも、「ママ」とあとを追うことをしない。

夫婦が別れに際してけんかしたとき、子どもの引き取りで激しく言い争い、「いらん」と言われてどんなに傷ついただろう。母はひとりで出て行ったが、本当は母について行きたかったのではないか。

桃の心の中には、大きな哀しみが渦巻き、荒波がせめぎあっているのではないか。

桃はひな祭りの日に産まれた。栄太に名前の由来をたずねたとき、「おれたち、ガクがないから難しいこと分からん、ひな祭りだから桃にしたんだ」。そして、小柄なことを気にして、「こいつ、早生まれだから小さくて……四月生まれと一年違うから差は大きいね。やっていけるかな」と言った。栄太は至らない父親だが、彼なりに子どものことを考えていたのか。

「桃ちゃん、今からパパのところに行きましょうか」

呼びかけると、桃はきっぱりした声で、「うん」とうなずいた。

集中治療室に向かう廊下で、桃と手をつないだ。小さな手だ。これから、この手と小柄な体で世の中を泳いでいかなくてはならない。

施設に会いに行こう。決してひとりにさせない。

「桃ちゃん、おばさんはいつも桃ちゃんの味方だから」

立ち止まって桃の目を見て話しかけた。

桃はじいっとわたしを見て、こくんとした。

第三章　犬神

昨日から強い雨が降り続き、夕方、大雨警報が出た。九月に入って二回目だ。N市の各区役所では災害対策班をつくり、職員が勤務後も順番で待機する。

中央区役所保護係に勤務する朝川拓也は今回、当番にあたった。翌日の仕事に差し支えないように、同一係から一人程度、他係の職員とあわせて二十人だ。大規模な台風のときはさらに人員を増やす。今回の班長は総務課長である。

区役所の仕事量は増えているが人員増はほとんどない。生活保護を担当する保護係も、定年退職者のあとは正規職員ではなく、嘱託のケースワーカーや就労支援員、年金相談員などで埋められることが多い。

災害対策は正規職員のみで担当するので、大雨警報等が出ればすぐ順番が回ってくる。拓也も、七月と八月に続き三回目である。翌朝まで待機すると、翌日の仕事は眠気をこらえながらせざるを得ない。交替でとる仮眠も長椅子の上だから十分寝られない。翌日、休暇を取りたいが、仕事の予定がすでに入っているから、休むことはできない。

拓也の母はそれを知ったとき、「役所は民間に比べて少々楽かと思っていたけど、大変なお仕事をしているのね。世間の皆さんにお知らせしたいわね」と言った。拓也自身が就職する前、職員の災害待機を考えたこともなかったから、世間が知らないのは当然ともいえる。

今年は台風の当たり年で、着替えを持って出勤したり、ロッカーに着替え一式を入れている職員が多い。

中央区は幸い、今までひどい災害に遭ったことはない。しかし、街の中央には大瀬川があり、大雨が降ると水かさが増す。昭和の初めには氾濫して死者が数名出たことがあり、危険箇所とされている。

他区では過去に台風で大きな被害が出た所もあり、大雨警報が出ると、すぐ、区役所に避難して来る高齢の夫婦もいるそうだ。

公用車で大瀬川周辺をパトロールするのは重要な任務だ。総務課長が拓也に、パトロールを指示した。

ほかの職員はN市災害対策本部からの連絡や区民からの電話に応対したり、消防署、土木事務所からの情報収集、避難所開設の準備をしている。

一緒に行くのは年金係の谷村清彦だ。国民年金のことで相談や連絡をしたりして顔なじみである。来年は定年と聞いている。誰に対してもやさしくて親切だ。気心が知れた人と組むことができて心強い。

「わたしが運転します」

拓也が公用車の鍵を持つと谷村がほっとした顔をした。助手席に座ると、早速、礼を言った。

「申し訳ないですね。最近、また視力の度が進んでこんな雨の日に運転して、事故でも起こしたら大変だから助かります」

谷村は度の強い縁なしメガネをかけている。拓也は両目とも視力が一・五だが、大雨警報が出ているため慎重にと自らに言い聞かせた。

雨がザーザーと音を立て、フロントガラスをたたく。大瀬川に架かる大瀬橋の手前で車を停め、外へ出て川を見た。水かさは増えているが危険な状態ではない。

谷村が携帯電話で状況を区災害本部へ報告する。相手の総務課長が何か言っているようだ。

「土木事務所から本部に連絡があって、高齢のホームレスが大瀬橋の下にいて、避難を勧めているが耳を貸さずに困っているそうです。一緒に避難を勧めてほしいそうです」

「ホームレスが？　ここに？」

「酒を呑んで絡んで、言うことを聞かないそうです。困ったもんですねぇ。朝川さんはふだん、ホームレスにも接しているから対応をお願いしたいそうです」

生活保護の仕事をしているからといえども、ホームレスに対してうまく説得できるかどうか心もとない。雨や風はますます激しくなる。期待されても困ると思いながら、大瀬橋を越えると、中央土木事務所の黄色い車が停まっていた。

「ここですね。ここから降りましょうか」

「そうですね。お互い気をつけましょう」

谷村の声を背に河川敷へ通ずる細い道を降りる。どろどろになっていて、滑りそうだ。災害用のユニホームの上に羽織ったレインコートに雨が降り注ぎ、長靴にも泥が跳ねかえる。木が風にごうごうと鳴る。

薄暗い街灯に照らされて、橋台の近くにいるふたりの姿がぼんやり見えた。

「お疲れさまです。良かった。朝川さんがきてくれて」

中央土木事務所の職員が近寄ってくる。

保護係に、ときどき、「公園にホームレスがいる」と相談にくる佐山啓介だ。手に懐中電灯を持っている。丸いフレームのメガネをかけ、いつもはひょうきんなことを言って笑わせるが、横殴りの雨にびっしょりぬれた顔はこわばっている。

「あそこにいる人です。酒を呑んでいて、危険だから離れようと説得しているんですが、ここがい い、どうせ年だから死んでもかまわん、と言って、全然動こうとしないんです。一緒に話してもらえますか」

橋台の、川からやや高い所に男が座り、別の職員が傘をさしかけている。水かさが増したら危険だ。

「はい、うまく話せるかどうかわかりませんが……」

近づくと、あぐらをかいて座りこんでいる小柄な男性が顔をあげた。小さな酒パックを抱えている。見たことがある。

「あっ、犬神さん」

第二種無料低額宿泊所のなごみハウスを、年金を受けとった直後、黙って出て行った犬神勇だ。

あれから一カ月たつ。どこへ行ったかと思っていたらこんな所にいたのか。いなくなってから、夕方、炊き出し会場や公園を探し回った。

「えっ」

名前を呼ばれて犬神も驚いたのか、手にした薄汚いタオルで雨にぬれた顔を拭うと、拓也を見た。

「どっかで見たことある顔だなぁ、えーとなんて言ったかな」

「保護係の朝川です」

「ああ、朝川か、なんでこんな所にいるんだ」

「大雨警報が出ているのでパトロールしているんです。犬神さんこそどうしてこんな所にいるんですか。いなくなって心配しましたよ」

犬神はまだ信じられないように拓也を見つめている。

「区役所もパトロールするんか?」

「ええ、川が氾濫すれば区民の皆さんが被害に遭いますから。犬神さん、こんな所にいては雨が降って風も強いから危ないですよ。早く避難しましょう。痩せたんじゃないですか。ちゃんと食べていましたか」

犬神は六十九歳だ。なごみハウスに入った時も痩せていたが、背も低いので、以前よりひと回り小さくなったように見える。

「わしゃあ、これとタバコがあればいいわ」

酒パックを持ち上げる。ここで議論している暇はない。早く安全な場所へ移動させねば、と気がせく。

「とにかくここを離れましょう。荷物を持ちましょう。荷物はどこですか？」

いやだ、と言うのを、強引に抱きかかえながら起こす。ふらふらするのを、佐山と一緒に両側から支えた。

公用車に乗せると、疲れが出たのか目を閉じ、ものも言わない。さっきまでの威勢の良さはどこへいったのか。先に乗った谷村が、自分の膝に犬神の頭をそっと載せた。額に手をやるとかなり熱い。風邪《かぜ》を引いたのかもしれない。高齢だから肺炎になる恐れがある。持っていたタオルで体を拭き、積み込んでいたバスタオルと災害用毛布で体をくるんだ。

「水を飲みましょう」

ペットボトルの水を口に当てがうと、ごくごく飲む。

「佐山さん、救急車を呼びましょう」

「万一、何かあるといけませんね」

佐山も賛成する。

佐山が呼んだ救急車が思いのほか早くやってきた。隊員は、犬神を公用車から手際よく救急車へ移す。

事情を佐山が説明し、拓也が、犬神を海川病院で一度、高血圧で受診させたことを言い添えた。

救急搬送するとき、病状によって入院が必要なことから、ベッドに余裕がある病院でないと困る。熱があるから入院になるだろう。

受診歴があったせいか、海川病院は受診を承諾した。救急隊は、保護係職員が現地にいる経過も伝える。

生活保護で医療費の支払いをすることが保証されたようなもので、医療費のとりはぐれを懸念する病院も安心する。

佐山が、見覚えのある犬神の黒いリュックを持ってきて、犬神の足元に置いた。

「わたしも一緒に行きたいんですが、今日は災害対策の待機をしていますので、今からこのあたりを回って危険がないか確かめねばなりません。犬神さんをよろしくお願いします。救急搬送の通報書を明日、保護係に送ってください」

「わかりました。きみもご苦労さんだね」

隊長はきびきびと動き、出発の指示を出した。

「犬神さん、お大事にね。明日にでも病院へ行きます」

犬神は熱のせいか大儀そうで、目だけでうなずいた。

救急車がサイレンを鳴らしながら去っていく。

「朝川さん、何かあったらおおごとだと思ったけど助かりました。今度、お礼に行きます」

佐山がようやく頬を緩ませる。これから別の橋や公園を見に行くと言う。

「お互いさまです。お礼だなんてとんでもないです」

拓也は総務課長に電話で報告した。

「そうか、良かった、良かった。気をつけて帰って来るように」

また、雨と風が強くなった。視界がさっきより悪くなる。大瀬川に沿ってひと回りして様子を見てから、中央区役所に帰ることにする。

「朝川さんはすごいですねぇ、いやあ、あっぱれとしか言いようがない。わたしだったらとてもこんなことできないですよ」

谷村がしきりに感心する。

「いえ、たまたま、わたしが担当していた人だからうまくいっただけです。急に黙っていなくなったので心配してたんです。こんな所で会うとは思いもよらなかったけど、とにかく良かった。高齢だから肺炎にでもなったら長引きますしね……」

「役所はどこも人手不足で忙しいけど、生活保護の仕事は、生身の人間相手だから特に大変ですね。人事異動で希望者がいないというのも分かりますよ」

谷村はしみじみと言う。

区役所に戻ると、総務課長が待ちかねていた。

「いやぁ、ご苦労さん。朝夕新聞から災害状況について取材があった。いい話だと喜んでね。明日の朝刊にホームレスを救う、と載せたいそうだ。もっと詳しく聞かせてほしいと会議室で待っている」

休憩したいが待たせるわけにはいかない。まだぬれている髪の毛をタオルで拭ったあと、谷村と会議室で取材に応じた。

若い男性の記者が待っていた。朝夕新聞はN市内で最も購読者が多く、記事が与える影響も大きい。

「今から現地を見に行きますが、こちらでまず、お話を聞かせてください。そのあと、中央土木事務所でも取材します」

頭の回転が速そうな話し方だ。

「本人の名前は無論、匿名《とくめい》にします。六十代後半の高齢ホームレスが橋台の下に座り込んでいたのを説得して、病院へ送ったことを記事にします。災害を考える点で、きっと読者の反響を呼ぶに違いないですから」

記者の真意がわかり、問題ないと判断して状況について個人情報をのぞいて話した。

「大変なお仕事をしてみえて、でも、その関わりが、今回生きたんですね。命を救えて良かったですね」

感慨深そうな感想をもらしたあと、つけ加えた。

「明日の新聞を楽しみにしていてください」

「やれやれ、こんな記事が出れば、親切な保護係と思って、どっと人が押し寄せ、仕事がまた増えるぜ」

翌朝、前の席に座っている先輩の藤谷治が、朝夕新聞を片手に口をとがらせた。

『ホームレスを救った生活保護ケースワーカーたち』として、拓也や谷村、佐山のことが記事になり、大瀬橋と橋台付近の写真もある。N市職員が徹夜で災害待機をして働いている、と好意的な書き方だ。

待機は朝四時まで続き、それから帰宅してシャワーを浴び、少しでも寝ようとしたが横になるだけの時間しかなかった。午前中のみでも休暇をとって眠りたかったが、約束していた家庭訪問があり、ぼんやりした頭で記事を読んだ。

直属の課長や部長だけでなく、区長に呼ばれ、中央区の誇る職員として称賛されたのには驚いた。新聞を読んだ何人もの市民から、「区職員が災害パトロールをしていることを初めて知った」、「人道上からもホームレスを助けることができて良かった」などと、N市役所と中央区役所に電話があったそうだ。説得できず、川から避難せずに死亡でもしたら、役所の対応に落ち度があったと非難される。上層部はそれを気にしているのかもしれない。拓也は、ただ、犬神を救いたかっただけなので、こそばゆい。

藤谷を無視して電話を取りあげ、海川病院に犬神の様子を問い合わせた。

野宿していて栄養をとれなかったうえに、雨に打たれて衰弱しているので、昨日からずっと点滴をしている。熱は四十度あったが、今は三十八度にさがった。

予定している訪問がすんだら面会に行くことにする。

「あのじいさん、誰が担当すると思ってんだ」

電話を終えた拓也に藤谷がなおも追い打ちをかける。

犬神は大瀬橋の下から救急搬送されたから、初めて生活保護になればそこが現在地となる。ここは藤谷の担当地域だ。自分の担当ケースが増えると思って嫌味を言ってたのか。拓也は笑いがこみあげてきた。

「なんだよ、笑って。気味が悪いぜ」

「犬神さんは八月に年金を受け取った直後、黙っていなくなったので、様子をみるため保護停止にしています。要保護性があれば当然、再開します。担当はわたしですが、藤谷さんが担当しますか？」

「……」

藤谷はえっ、という顔をした。

藤谷はケース数が増えず良かったと思うのか。毒舌だが人は悪くない。仕事もよく知っていて、アドバイスもしてくれる。それでも度量の狭さにあきれる。

「今から家庭訪問に行きますが、そのあと、海川病院に寄って犬神さんの様子を見てきます」

外は、昨日の大雨警報が信じられないくらいの青空が広がっている。海川病院で主治医に病状を聞いた。

高血圧があるうえ、肺炎になりかけで衰弱しているため二週間ほど入院が必要という。

犬神は六人部屋の一番奥で、点滴につながれながら、目を開けてぼんやり天井を見ていた。

「どうですか、気分は？」

「……うん、まあまあだ」

昨日は暗い所でよく分からなかったが、しわが増えている。姿を消してまだ一カ月だが、野宿は高齢の身にはこたえたに違いない。

同じ部屋の人に生活保護利用者と分かってはいけないと、耳に口を近づけて小声で話そうとすると、大声を出す。

「わしぁ、ここの人たちに生保だと話したで、内緒にせんとてえぇ。それに大きな声で言ってもらわんと聞こえん」

見渡すと、いびきをかいて寝ている人が三人。あとのふたりはイヤホンをつけてテレビを見ている。

聞こえる心配はなさそうだが、それでも声を潜めて、居所が不明だったので保護停止にしていたことを説明する。停止中に状況の変化があったかもしれず、手持ち金や、現在、年金以外の収入があるかたずねる。

「金があれば野宿なんかせん。八月の年金だけだ。なごみを出てからビジネスホテルに、二回、泊まった。世話になった人と酒呑んで使ってまったから、もう残っとらん。そこのリュックとってくれ」

ベッド下にある全財産の入った、汚れてぼろぼろの黒いリュックをベッドに置く。

「中に財布がある。見てくれ」

点滴中で手を使えないから、了解を得て財布をとり出し、中を見る。全部で百二十五円だ。

「これだけだ」

年金は二カ月で三万円弱だ。八月に受け取った分を使い果たしたというのは、うそではなさそうだ。ホームレスの中には、金がない時に食べさせてもらったお礼に、年金が入ると食事や酒をおごる人もいる。

年金が振り込まれる預金通帳の残高は百円だ。金はないと判断する。

「なぜ、黙って出て行ったのですか。心配しましたよ」

「……」

「なごみハウスがいやだったんですか？」

「……、あんな所、いやにきまっとる。飯もまずいし、ぎょうさん取られて、手元に幾らも残らん」

「だからと言って黙っていなくなるのはいけませんよ。いやならちゃんと相談してほしかったですね」

「……」

「今日はまだ熱もあるようだからこれくらいにして、また話しましょう。ここで体を治したら、今度は野宿しないで暮らすことを考えましょう。生活保護を再開するからここの入院代は心配しなくてもいいですよ」

「……うむ」

入院中に今後について考えていかなくては。

外へ出ると空がぴかぴか光っている。昨日の風で折れた樹が、公園に転がっている。中央土木事務所の車が走って行く。佐山もあと片付けで忙しいに違いない。

退院後、犬神の落ち着く場所をどうするか。生活保護の更生施設でしばらく療養したらどうか。

高齢化で、養護老人ホームの入所者は八十代後半以上が多い。まだ六十九歳の犬神は、老人ホームでは入所しても若い方に属するから話が合わないかもしれない。長い間、建築現場の住み込みや飯場で生活していて、自身のことは十分できる。高血圧の服薬と金銭管理ができればアパート生活は可能と思われる。

年金を含めた金銭管理は大事なことだ。年金が出るたびにおごっていては生活できない。認知症や障がいのある人の金銭管理は社会福祉協議会が行っている権利擁護センターに依頼できるが、犬神はその対象ではない。N市が委託しているNPO法人に依頼したらどうだろう。

高齢だと孤独死や認知症のリスクを言われ、賃貸アパートを見つけるのは難しく、時間がかかる。

入院後十日たち、犬神に面会に行く。ベッドに姿がない。入り口にいる人が、「屋上だ」と顎で指す。

「ベッドでこっそり、せびったタバコを吸うんでえらい迷惑だ。看護師にも火事になると叱られたよ。あの人、生保って言うじゃないか。わしらぁの税金だよ。いいかげんにしてほしいもんだね。あんたはあの人の係かい？　きつく叱ったってよ」

「すみません」と頭をさげて屋上に向かう。喫煙に厳しい病院では退院させられることもある。犬神は肺炎になりかけたというのに何を考えているのか。

屋上に洗濯物が翻っている。片隅に喫煙所がある。病院で喫煙するのはおかしいが、内緒で吸う人もいるので、喫煙所を設けた方が安全だそうだ。

犬神は短くなったタバコを指がやけどしそうなくらいにくわえて吸っている。あたりに人はいない。きつく言うと反発しそうなので、まずはやんわりと病室での喫煙を注意する。じろりと見るだけで無言だ。

退院後の希望を聞く。

「そりゃあ、自分で好きなように暮らせるアパートへ入りたい。なごみはいやだぞ、こりごりだ」

退院する前にアパートが見つかればよいが、見つからなければ、一時的に更生施設に入ったらと提案する。

「入った人の話では規則が多いし四人部屋だというではないか。牢名主みたいなのがいて、掃除当番も新入りにやらせてあれこれ文句言うらしいぞ」

「おかしなことがあれば職員に相談すると良いですよ。一度、見学に行ってみましょう」

やり取りの末、ようやく見学に行くことを承知した。

次は金銭管理だ。服薬をきちんとしたり金銭管理ができると判断されないと、居宅生活が可能と認められず、アパートを借りる敷金や手数料、家賃は出ない。

現状の犬神では金銭管理が心配だ。ＮＰＯ法人に管理してもらったらどうだろう。生活保護利用者は利用料が無料だ。

「大事な金が預けられるか。自分でちゃんとやれる。ばかにするな」

機嫌が悪くなり、いらいらしてタバコをやたら吸う。なごみハウスで年金の収入認定を説明したときも、おれが働いたからついた年金だ、なぜ収入として勘定するんだ、とくってかかった。

長く建築現場で働いていたが、厚生年金に加入している会社はほとんどなかった。年金はないものと思っていたが、ホームレス支援者が職歴を聞いて精力的に動き、少額だが年金を手にすることができたのだ。

　犬神は高齢にもかかわらず、生活保護を利用するのはなごみハウスに入ったときが初めてだった。万引きを重ねて刑務所に何回も入ったことはあるが、今まで、重い病気にもならず、仕事ができなくなったあとは、年金や拾った古い雑誌、あき缶を売って暮らしていた。

　金銭管理については、ゆっくり説明することにして、生活保護更生施設の松葉苑へ見学に行くことになった。

　公用車で病院へ迎えに行き、走り出してまもなく、ぼそりと言う。

「あんた、わしを入れると、なんぼ金になる？」

「えっ、金？」

「隣のベッドはM区で生活保護だ。担当のやつは最初の調査にきただけで、もう二カ月もこん。この先、どうなるかと心配しとる。わしの所にあんたが何回もくるんで、施設に入れたら金をもらえるんではないかと言うんだ」

「そんなことはないですよ。この前、資料を渡しましたよね。松葉苑はN市が運営している施設と書いてあります。わたしは市の職員です」

「そうか……、そいじゃあ、なんでわしのことをそんなに気にするんだ。親切にするんだ」

「犬神さんのことが心配だからですよ。もちろん、これが仕事ということもありますけどね」

「……」

　隣の男性も高齢で、野宿していて路上から救急搬送されたと話していた。野宿者同士の乏しい情報で「親切」には裏があると思ったのか。犬神は、拓也が金のために動いていると半ば信じていたのだろうか。

大瀬橋が見えてきた。

「この橋をわしらぁが造ったんだ」

「え？」

「N市へ来て十年くらいたった頃かなぁ、ヤマケン組に雇われた。きつい仕事でな、夜になると飯を食べた後はすぐ居眠りだ」

「じゃあ、橋に特別の思いがありますね」

「雨が降り続いて仕事がはかどらんかった。土木の偉いさんがきて、下っ端のわしらぁにも、頼みます、と何度も頭を下げてた。呑み屋で呑んどったら現れてな、酒をおごってくれたこともあった……、工期に間に合わんかったら大変なことになるでな。昭和の時代はよう働いた。そういやぁ、元号が変わったな、今はなんて言うんだった？」

「今年の五月から令和ですよ」

「令和か……、昭和と平成は遠くなるなぁ。N市の中心部にある道路も造った。テレビ塔の近くもだ。わしらぁがやったんだ」

「大変でしたね」

「……おれが死んでも橋や道路は残るなぁ……」

「降りてちょっと見て行きますか？」

「……いや、いい、ここから見る」

　現在と違って、人力に頼る部分が多かっただろう。若い頃、ここで、汗だくになって資材を運ぶ犬神の姿が浮かぶ。大雨の日に橋の下で野宿していたのも、この橋に特別の思いがあったからだろうか。

　車を停めると、犬神は橋の欄干をじいっと見つめた。過ぎ去った元気な頃を思い出しているのか。

「悪かったな、もうええで」

「はい、行きましょうか」

　拓也は車のアクセルをゆっくり踏んだ。

　松葉苑は中心街から遠く離れた所にある。

　二階建ての老朽化した建物だ。建物の周囲に紫がかったピンクのコスモスが一面に咲き、人家もない殺風景な周囲をなごませている。入り口近くの長椅子にぼんやり所在なげに座る数人がじろじろと二人を見た。

　職員から施設の説明を受ける間、犬神は黙って聞いていた。入所者は男性のみである。

「食事、就寝の時間が決まっています。居室と廊下、共用のトイレ、浴場の掃除は同じ部屋の人と当番で行います。外出は自由ですが門限があり、届け出てください。入浴は週三回。洗濯は各自、洗濯機で行います」

　部屋を見学する。

　居室は畳敷きで四人部屋。部屋を区切るカーテンがあるが、いびきが大きかったり、相性が悪い人が同じ部屋なら苦痛かもしれない。

娯楽室でテレビを見たり新聞を読んだり、将棋をしている。犬神のような高齢者ばかりだ。

「いかがですか?」

「部屋はムショを思い出すなぁ」

顔をしかめて答える。職員が苦笑いをした。

後日、返事をすることにして病院に戻ることにした。入り口でたむろしていた、頬に鋭い傷痕のある男が声をかけてきた。犬神と同じくらいの年と思われ、白髪頭だ。

「犬神じゃないか。入るんか」

男がにやりとする。犬神はしげしげとその男を見た。

「……なんだ、おまえか」

「久しぶりだなぁ、生きとったか」

犬神は会いたくなかった様子で、返事をしない。

「どこの区役所だ?」

「……」

犬神は答えず、先に立って駐車場へ歩いて行く。拓也は急いであとを追った。

帰途、車の中でも無言だ。よほど会いたくなかったのだ。あの男がいるのであれば入所を嫌がるかもしれない。急いでアパートを探すことにするか。そのためには金銭管理の依頼を認めさせなければならない。

「どうしますか？」

「うむ……、考える」

病院へ戻ると、挨拶もせず中へ入って行った。

犬神がいなくなったのは翌日だ。

海川病院から夕方、連絡があった。回診の時、いなかったが、屋上でタバコを吸っていると思っていたと、のんきなことを言っている。ベッドの下にあったリュックも消えている。

すぐ公用車で周囲を走った。大瀬橋の下にも行ったが、草が茫々《ぼうぼう》と生えているだけで人のいる様子はない。夜、炊き出し会場にも行ったが姿はない。ほかの仕事で忙しかったが暇を見つけて一週間、思いつく所をいろいろ回った。入院患者日用品費が出ているが残金はわずかだろう。金がないからよもやと思うが、近くのマンガ喫茶やファミリーレストランも探した。

「せっかくの美談がだいなしだなぁ、それでも一件減るから良かったじゃないか」

藤谷治の無神経な言葉が胸の奥をかきまぜ、しんと冷えたものがみるみる広がるのを感じる。

「ようやく、もう一歩の所まできたんです。変なことを言わないでください」

にらみつけるようにして反論する。もう少しの所だった。金銭管理を承諾させられなかった自分のふがいなさも手伝って、深くて暗い谷底に落ちていくようだ。

三日後、湊警察署から、犬神が万引きで逮捕されたという電話があった。ようやく所在が分かったら万引きとは。湊警察署はN市内だが、地下鉄で八駅離れている。

「スーパーで酒とおにぎりを万引きしたんです。金を持ってないし、何回も万引きの前科があるので、大きな金額ではないですが逮捕しました。つい先日まで生保だって言うから電話しました」

面会できると言う。ただちに行くことにする。

「これ、差し入れしたら」

出かけようとすると、藤谷がTシャツを差し出した。

「えっ」

「マラソンの記念品、新品だ。シャツの裾に小さいロゴマークしか入ってないから、差し入れしても問題ないはずだ」

藤谷はマラソンが趣味で、先週の日曜日も走ったと言っていた。替えの服がないだろうから助かるだろう。言い過ぎたと思ったのかもしれない。ありがたく頂戴した。

湊警察署の留置管理課で面会の手続きをとった。面会室が満室と言われ、胸の大きくあいた服を着た中年女性の隣に座ってしばらく待った。

通された面会室の、アクリル板で仕切られた向こう側に、犬神が職員に連れられてやってきた。げっそりやつれている。

「驚きましたよ。炊き出しを見に行ったり、あちこち探したんですよ。どうしてこんなことを」

「面目ねぇ」

髪がわずかに残っている頭をかく。

「あそこで、一番会いたくないやつに会って、いやになったんだ」

「松葉苑で会った人ですね」

「うん……」

「だからと言って逃げていては駄目ですよ。せっかく、いい所までいったのに。どうしてもあそこがいやなら早くアパートを探して、と思っていたんです……」

「おまえさんの親切はようく分かった。だがね、あいつにつかまるとろくなことがないんだ。アパートに入ったってきっと探し当てる。そいで考えたんだ。ムショが一番安全だってね」

「えっ、そんな………、一体何があったんですか？」

犬神はそれには答えず、苦笑いをした。

「あいつが、同じムショにこない限り、身の安全は保証されるんだ」

「じゃあ、わざと万引きして捕まったんですか？」

「一杯やりたかったし、腹減って、ちょいと食べたかったしね。わしぁ、何回も万引きでつかまってるからまたムショに入れる、と思ったことも確かだ」

なんということを考えるのか。刑務所が安全とは。何があったかは知らないが、そんな考えをせざるを得ない犬神の、今まで生きてきた過去はどんなものか。

もの心がついた時から両親はいなくて、親類の家を転々としていたと話したことがある。

本籍は北海道岩内町《いわないちょう》だ。生活保護申請書に書かれた本籍地を見たとき、懐かしいものに出あった気がした。

高校時代、映像作家を目指す映画好きの友人がいた。彼から名作と言われる映画の素晴らしさを幾つも聞かされた。名画上映館に連れていかれ、北海道岩内町で起きた大火と、台風による洞爺丸《とうやまる》沈没事件を題材にした水上勉原作の「飢餓海峡《きが》」を見たことがある。

原作の小説も読み、モノクロで表現されたリアルな映像や哀しい結末と共に、「岩内町」は頭にインプットされていた。

「岩内と言えば、『飢餓海峡』ですね」

「えっ、あんた、若いのに知っとるんか」

犬神がびっくりした声を出した。

「ええ、小説を読み映画も見ましたよ。良かったです」

「そうかぁ、岩内を知っている人に初めて会った」

犬神はほとんど歯のない口を大きくあけて笑った。

「岩内でロケをやってな、人がいっぱいだったが、前へ潜り込んで主演の三国連太郎をちょっとだけ見ることができた。体の大きい人だったな……、ロケのあくる年に中学を卒業してN市に来た。映画館の入り口にかかった看板は見たが、暇がなくて見られんかった」

「良い映画だったのに……、残念でしたね」

ロケは一九六四年におこなわれ、N市では、翌年公開されたが、犬神は生活に追われて、故郷が映っている映画を見るどころではなかった。

そんな話をしたことが思い出される。

安い食料品の万引きも数を重ねれば実刑になる。今度も刑務所に入るのだろう。

「もう時間です」

職員が硬い声で促した。

「あんた、わしみたいなやつによくしてくれたな。ありがとな、Tシャツの礼も言っといてくれ」

犬神がのろのろと立ち上がった。

「また、おつとめしてくる」

胸のうちで苦いものがこみあげる。アパートで生活することはそんなにも遠く、手のとどかないものなのか。むなしさと自分の無力さに打ちひしがれそうだ。

「犬神さん、刑務所を出たら、どこの区役所でも良いから相談するといいですよ」

去って行く犬神に声をかけた。かすかにうなずいたような気がした。拓也は、誰もいなくなったあとも、扉の向こう側をぼんやり見つめていた。

第四章　なごみハウス　音丸

砂田健次が、N市内中心部にあるみどり公園で開かれるホームレスのための炊き出し会場へ着くと、七時から配られる食事を、多くの人が公園の真ん中にある花壇をぐるりと囲みながら待っていた。

秋の暮れは早い。

まだ六時なのに随分暗くなった。公園は繁華街の近くにあり、キラッキラッと輝くネオンがうっすら届き、公園に設置された電灯と交差した光の中に、疲れた顔をした人々の顔をぼんやり浮かび上がらせていた。

健次も一年前、この場所に並んだ。

そのとき、「タバコ、吸わんか、なごみハウスに入らんか。生保になれるぞ」と話しかけ、タバコを差し出した男がなごみハウスの管理人、鳴川《なるかわ》初男だった。

「年は幾つだ?」

「五十歳になったばかりです」

「顔色良くないな」

「腰が痛くて……、血圧も高いけど金がなくて……」

そんな会話をしたことを思い出す。

鳴川は五十代前半と思われる屈強な大男である。色が黒く目つきが鋭い。年中、長袖を着ている。自身のことは年齢も含めてしゃべらないが、若い頃はさぞかし肩をいからせて歩き、けんかに明け暮れていただろうと想像される。頭の回転が速く口も達者だ。

健次が中学に入学した頃、母が家を出て行った。きょうだいはいない。長距離運転士の父が帰宅したとき置いておく金で、なんとか暮らしていた。中学卒業後、飯場を渡り歩き、土木や建築の下請けの現場で働いた。金を貯め、車の運転免許をとったのが唯一の財産だ。良い思い出のない家には一度も帰ったことがない。

二年前、それまでの肉体労働の無理がたたったのか腰が痛くなり、思うように働けなくなった。最後に勤めた会社はそれまでと同じく社会保険は未加入だった。従業員を募集するときは「月給制」、「社会保険完備」をうたうが、実態は日給制で、社会保険の加入は手続き中と言いながらうやむやにされてしまう。

健康保険に入っていないので通院せず放置していたが、あまりの痛みになけなしの金をはたいて受診すると、椎間板《ついかんばん》ヘルニアと言われ、高血圧があることも指摘された。働けなくなったため会社を解雇され、高速道路の高架下で段ボールを利用して野宿した。

夜、眠りかけると花火を打ちこまれた。わあ、と声をあげ逃げて行く数人の声が中学生くらいに思えた。

交番へ行き警官に訴えたが、よそへ行ったらと言われただけだ。集団で野宿しているグループに入れてもらい、もう安心と寝ていたら爆竹を投げ込まれた。あちこち移動したが熟睡できず、体調が一層悪くなった。N市に来てからは缶拾いや炊き出しを利用しながら生活していた。鳴川に声をかけられ、行く先もないことから、入所する気になった。

鳴川に伴われて中央区役所で生活保護を申請し、生活費が出るようになった。

なごみハウスは社会福祉法に定められた第二種無料低額宿泊所で、東京に本社があるなごみ株式会社が運営していて、他都市にも幾つか施設を持っている。

管理費一万六千円、食事代三食三万円、光熱費と共益費が各六千円、家賃三万七千円、冬季は暖房費二千円を徴収する。手元に残るのは二万円弱で、そこから自身のいろいろな費用を捻出する。

生活保護利用者は、六十五歳までは健康であれば働いて収入を得る努力をしなければならない。健次は近くの病院へ通院して服薬やリハビリに励み、腰は良くなってきたものの、高血圧はまだ通院が必要である。

医師から、「軽作業なら仕事をしても良い」と言われたが、建築や土木仕事の経験しかない。悩んでいると、鳴川から、「ハウスの運転士にならんか」と言われた。

運転士が体調悪化で入院し、退職した。職員は鳴川と運転士のふたりのみで、鳴川は他の仕事もある。健次は体がすっかり良くなるまでのつなぎ仕事と引き受け、生活保護から自立した。五月初め、令和に改元した頃だったから、もう半年以上働いている。

最近は炊き出し会場で、入所者を勧誘して入所させることもしている。

今日もスカウトにきた。

すでに百人ほどが並んでいる。若者から高齢者まで幅広く、女性も数人いる。若者の中にはここで腹ごしらえをしてマンガ喫茶やネットカフェで寝たあと、働きに行く者もいる。

遠くから、自転車でやって来る常連の夫婦もいる。アパートに住んでいるが、夫が失業して妻の稼ぎだけでは食事が満足にとれないと言っている。時々、中古衣類や日用品の配布があるので、それも目当てだ。

配食が始まる前に、何気ない様子で集まっている人々を観察した。うな垂れていたり、地面に座り込んでいる人もいる。その中で二、三人に絞り込む。

入所者はおとなしそうなことが第一条件である。けんかしない、たてつかないことが重要だ。新規に入所するたびに、新たに家具什器《じゆうき》費や布団代が入るメリットがある。部屋は絶えず満室にしておかねばならない。空室が多いと損失が発生しかねない。本社から満室になるように強い指導がある。最近は同業者が現れ、同じように勧誘しているので競争になる。

列の中ほどに、自分と同じ年頃と思われる野球帽をかぶった男が立っている。顔も腕も日に焼け、長い間、肉体労働をしてきたと思われ、ずんぐりした体をしている。四角な顔にいずれも大きな目、鼻、口と続く。初めて見る顔だ。重そうなカバンを持ち、きょろきょろ見る様子から、まだここでの炊き出しに慣れていない、と踏んだ。

「お待たせしました。今から食事を渡します」

きっかり七時に、若い女性スタッフが大きな声で開始を告げた。今日はカレーライスだ。数人のボランティアが大鍋からよそったり、お茶やバナナを渡す。受け取ってそれぞれ好きな場所で食べる。

健次は目星をつけた男の近くへ移動して、気軽な感じで声をかけた。ベンチはもう満席で、花壇を囲むコンクリートの上に腰を下ろしている。

「こんばんは。今日、泊まる所があるかね。なければこういうもんだが、うちへ入らんかね」

鳴川に、「スマホのメールができればやれる」と怒られながら、苦労してパソコンで作ったチラシを渡した。漢字を読めない人もいるから、ルビをつけている。

なごみハウスへあなたもどうぞ

個室《こしつ》、三食《さんしょく》つき、エアコン、共同浴場《きょうどうよくじょう》あります
生活保護《せいかつほご》をとるお手伝《てつだ》いします
求職活動支援《きゅうしょくかつどうしえん》（車《くるま》でハローワークへ送迎《そうげい》します）

男は食べるのが先だとばかりに口へ入れるのを急ぐ。よほど空腹とみえる。あっという間に平らげると、ようやくチラシを手にして、ちらっと見た。

そのとき、また、スタッフの女性の声がした。

「お代わりありますよ」

男は立ち上がり、急いで列のうしろに並んだ。すでに多くの人が列を作っている。お代わりは男のすぐ前でなくなり、がっかりした表情で戻って来た。

「惜しかったなぁ、タバコはどうだ？」

かつての鳴川をまねて、タバコを目の前に差し出す。

高血圧で喫煙を禁じられたので、自分はやめたが、スカウト時の小道具に使うために自腹で買った。

「いいのかい」

男はいったん、躊躇《ちゅうちょ》するようなそぶりをしたものの、受け取ると深々と吸った。薄暗がりの中に吐き出した煙が消えていく。その先に、「熟女キャバクラ」と描いたどぎついネオンがチカチカ流れている。

「今日のねぐらはあるのかい？」

「……」

男は警戒するような目をして健次を見た。

「自分も野宿してたんだ。今はこのなごみハウスで働いている」

健次が野宿をしていたと聞いて、男の顔に微妙な変化が現れたのを見逃さずに、再度、チラシを見せる。

「ここに入りゃあ、生活保護を簡単にとれる。すぐ金が手に入るよ、金はあるのかい？」

無理に笑顔を作って安心させようとする。

「……もう小銭しかない……」

「そんなならこいよ」

「そんな簡単に生保になれるんか？　ネットにナマホとか、怠け者とか書いてあったが……」

「大丈夫だ。自分もちっとの間、生保だった」

「……」

「こいよ」

「うん」

男はよほど困っていたのか、素直に応じた。気が変わらぬうちにワゴン車に乗せハウスに戻ることにした。

男は音丸恭平《おとまるきようへい》、四十七歳、と名乗った。

年齢の割には白髪が多い。愛媛の工業高校を出て、N市の隣、T市にあるミタ自動車の下請け会社で正職員として働いていたが、二〇〇八年のリーマンショックで会社が縮小、その後、元に戻らず解雇された。

「それからはこのざまさ」

解雇後、それまでの経験を生かせる仕事を探したがどこも同じような状態で仕事はなく、雇用保険の失業手当も満了した。会社で働いていた時に蓄えたわずかな貯金もなくなり、家賃を滞納してアパートを出た。

各地を転々としたが思わしい仕事はなく、土木関係で働いたり交通警備員などをした。その後、ミタ自動車が期間工を募集することを知ってT市に戻った。

寮があるのが魅力だった。しかし、三交代の深夜勤務で睡眠が十分とれず、以前から高めだった血圧が異常に高くなり、辞めざるを得なかった。マンガ喫茶で泊まったり野宿して、単発で交通警備の仕事をしたが、ふらふらして仕事ができなくなった。N市に来てから野宿して缶拾いをしている。繁華街の方が炊き出しが多いと聞き、今日の昼間、みどり公園にやって来たばかりだ。

「落ち着いて病気を治せればいいんだが……」

車の中でぼそぼそしゃべる。

「明日、役所に行く。自分がついて行けば大丈夫だ。すぐ生保になる。医者もかかれる」

ミラーに映る後部座席の姿はしょぼくれていて、自分のかつての姿を思い出させる。

「免許証はないのか？」

「……失効した。金も暇もなくて……」

自分は運が良かった、免許証があるおかげだ。健次は秘かに優越感を感じて頬が緩んだ。

「愛媛には誰かいるんか？」

「……おふくろとアネキがいる」

「おやじさんは？」

「おれが小さいときに病気で亡くなった」

「そこへは戻れんのか」

「うん、仕事もないだろうからなぁ。おふくろは苦労して高校出してくれてな。……、ひと頃は仕送りもしたけど……、長いこと電話してない……」

音丸はなくしたものを思い出すように声を絞った。

なごみハウスに着いた。

「立派な建物だなぁ」

音丸が感心して見上げている。

なごみハウスは三階建てで、以前、建築会社の寮だったが経営が苦しくなり手放したものを買い取り、リフォームした。入所者は男性のみで定員四十人。

一階に事務室、食堂、浴場、洗濯機の置いてある洗濯場。各階に共用トイレと洗面所がある。洗濯機は三台あり三十分百円。洗剤は自分で用意する。乾燥機はなく、部屋にロープを張り部屋干しにする。食堂のテーブルは三卓。椅子は全部で三十脚。交代で食べる。

部屋は六畳の個室で、ベッドと折り畳みテーブルが置かれ、エアコンがついている。電熱ポット、小型チェスト、マグカップなどがある。これらは家具什器費として、また、布団、毛布などは布団代として請求するが、生活保護利用者は役所が払う。

年金収入のみの入居者もいる。敷金を貯められずに一般のアパートに入れなかったり、年金を担保に金を借り、返済しながらほそぼそ暮らしている人たちだ。

健次は生活保護費支払日には生活保護利用者をワゴン車で中央区役所へ連れて行き、各自が金を受け取ったら、ハウスへ戻る乗車前に管理費などを徴収する。

また、週二回、ワゴン車をピストン輸送して、入所者をハローワークに連れて行く。第一陣をハローワークに送り、仕事を探している間にハウスへ戻り、次をまた送る。これを繰り返す。

　パートの女性が調理する手伝いや、浴場、トイレ、廊下の清掃などもする。食事付きで部屋代も無料だからと賃金も八万円と安く、社会保険もない。休日である日曜日も雑用が多く休めない。しかし、ずっといるわけではない、本格的に働けるまでの辛抱と自分に言い聞かせている。

「音丸恭平さんです。今日、入所します」

　鳴川はパソコンで入力作業をしていたが、顔をあげ、値踏みするような目をして音丸を見た。

音丸になごみハウスで守る規則や契約書を説明していると、一昨日、直接、訪ねてきて入所したばかりの若者がやって来た。髪に金色のメッシュを入れている。生活保護ではなく、夜勤専門の仕事をしている。

「飯がまずい。もっと肉を食べさせろよ。おかずも少ない。料金が高すぎるんじゃないか」

大声で鳴川にくってかかった。健次も音丸も驚いて若者を見つめた。左耳に銀色のピアスが揺れている。

「布団も誰か使ってたんじゃないか。なんだか臭うぞ」

　まだ少年の幼さが残った顔をしている。

　家具什器と布団は一、二カ月程度の使用なら、使用済みの物を洗ったり干して使う。若者には、一カ月で出て行った者が使った物を新品と言って渡した。

「ここは敷金も保証人もいらない無料低額宿泊所と聞いたから入ったんだ。ちっとも安くないじゃないか」

第二種無料低額宿泊所は、生計困難者のために無料又は低額な料金で簡易住宅を貸し付けたり、又は宿泊所その他の施設を利用させる事業を行う。ほとんどの所がホームレスや低額の年金受給者を入所させ、無料ではなく、金を徴収している。

家のないホームレスが区役所でアパートに入りたいと希望すると、健康であれば自分で何とかせよと追い払われたり、住民登録がない者は保護できないなどと門前払いをされることがある。

宿泊所では先に入所させてそこを居住地として生活保護申請をさせる。保証人は不要で、敷金や礼金はとらない。N市内には二十カ所ほどあり、合計で千人余が入所し、ほかに無届けの施設も何カ所かある。

「つべこべうるさいなあ。嫌ならいつでも出て行けよ」

鳴川がドスの利いた声を出しながら立ち上がり、そのまま、パッと上着を脱ぎランニングシャツ一枚になった。ひきしまった肩や腕が目に飛び込む。腕をぶんぶん振り回しながら、ぐいと前へ出て若者を見下ろした。寺にある仁王像のような威圧感がする。その左腕に二カ所、大きな切り傷痕がある。若者が鳴川を見つめたまま口を開けたが、しゃがれた音しか出ない。

「あ」

「分かったかっ」

強い口調で言うと、何もなかったようにパソコンの前に座って作業を始めた。

若者はおびえた表情をして、立ち去って行った。

鳴川はひょっとしたらマル暴だったのか。まさか、今も現役ということはないだろうが、かっては組で修羅場を経験したことがあるのかもしれない。切り傷は抗争の時にできたものかもしれない。

「おれ、ちょっと、トイレ」

音丸がこの場から抜け出したいとばかりに、席を立った。今のことで驚いて、入所をやめると言うかもしれない。健次は急いであとを追った。

屋外にある喫煙所へ連れて行き、ポケットに入れたままになっていたタバコを差し出す。

「タバコ吸うか？　自分は、もう吸うのをやめたからやるよ」

「いいのか、すまんな。血圧高いんで、ほんとはやめんといかんけどな」

そう言いながらも、音丸はうれしそうにくわえた。

「驚いたか？」

「うん、えらいとこに来た。あんたも同じか？」

「まさか、顔見りゃ分かるだろ。少しの間だ、辛抱するんだな。自分もいつまでもここにはいないつもりだ」

音丸はしげしげと健次の顔を見たあと、うなずいた。あたりはもうすっかり暗くなって星がかすかに見える。

「ここも星が見えんな」

音丸がつぶやいた。

「田舎は星がよく見えたんか？」

「うん、そりゃあ、きれいなもんだった」

翌日、健次が中央区役所に同行して、音丸恭平は生活保護を申請した。ずんぐりした体と裏腹に、「役所はおっかないから不安だ。一緒にいてほしい」と言い、役所の了解を得て、面接室で隣に座った。机を挟んで椅子が二脚ずつあり、壁にカレンダーと動物の写真が貼ってある。

今までの生活歴や職歴、資産や親族のことを聞かれた。保護係は銀行などに照会して、本当に貯金がないのか、また、本籍地などが申し立て通りか調査する。その結果、生活に困窮していることが明らかになれば、生活保護が決定して金が出る。申請が終わり、ほっとしたのか、音丸は日焼けした顔に笑みを浮かべた。

実地調査も済み、十日後、中央区役所から音丸の生活保護が決定したので、生活保護費を取りにくるように事務所へ連絡が入った。

ちょうど、病院から音丸が戻って来た。

「医者はなんて言った？」

「高血圧のほかに糖尿もあるそうだ。酒とタバコは厳禁だとよ。これ、薬」

音丸は薬袋をひらひらと振って見せた。

「薬を飲むと良くなるかなぁ」

「まあ、気長にいくんだな」

健次は音丸を乗せて、区役所へ車を走らせた。

街路樹の葉にちらほら黄色いものが混じっている。今朝は寒かった。歩いている人の服装が冬物になりつつある。帰ったら、これからくる冬に備えてエアコンの調子を見ておかねばと頭を巡らす。

中央区役所では、担当のケースワーカー朝川が待っていた。いつも礼儀正しく親切だ。面接室に通された。

「お聞きしたいことがあります。音丸さんの戸籍謄本が昨日、届きました。これです」

朝川が戸籍謄本を広げてふたりに示す。

本籍地は愛媛だ。戸籍筆頭者の父は死亡。母と五歳上の姉がいる。姉は一度結婚したが、すぐ離婚して復籍している。本人の欄を見て驚いた。今年の一月に同じ地番で戸籍筆頭者として別戸籍になっている。そのうえ、兵頭靖夫と養子縁組をして養父になっている。さらに兵頭は一カ月後、北海道虻田《あぶた》郡に本籍がある阿見《あみ》市郎の養子になり、除籍になっている。

「兵頭靖夫さんと養子縁組をしていましたが、どういうことですか？　この話はお聞きしていませんが」

音丸が手にとってしげしげと見る。

「へー、おれにも分からん。兵頭とか阿見なんてやつ、全然、知らん。だいたい戸籍謄本なんて初めて見た」

自分のことなのにそんなことがあるのか、うそをついているのか。健次は音丸の顔を見た。さかんに首をかしげていたが、そのうち、パーンと手を打った。

「そうだ。本籍を教えてくれたら金をやると言われて教えたことがある」

「本籍地を教えた？　誰にですか？」

「うーん、名前は何て言ったかな、イトウだったかサトウだったか、忘れた。公園で会った。教えたら千円やると言われて……、去年の夏頃だったかなぁ」

「えっ、千円で戸籍を売ったんですか？」

「うむ、……まあ、そういうことになるな。あのとき、体の調子が悪くて働けん、タバコも酒も呑めんで気が詰まりそうだった。運転免許証を見せたんだ。今では、もう失効して使えないけどな」

「何に使うか聞かなかったんですか？」

「うん」

音丸はあっけらかんとした表情だ。何に使われるか知らずに、よくまあ、たった千円で、と朝川もあきれた顔をして次の言葉がすぐには出てこない。

「じゃあ、知らない間に、養父になっとったんか？」

「戸籍上ではそうですね。誰かが音丸さんに成りすまして養子縁組届を出したんですね。犯罪に関わっていたら大変ですよ。携帯電話や貯金通帳を作ってオレオレ詐欺に使ったりしているかもしれない」

「ほぉー」

「何か今まで不審なことはありませんでしたか？」

「……」

「兵頭が阿見の所に入った現在の戸籍謄本を取り寄せます。何か分かるかもしれません」

音丸は大きな目をぎょろぎょろさせて健次を見た。ようやく、事の重大さに思い至ったようだ。軽い気持ちで免許証を見せただろうが、千円札一枚の代償はあまりに大きい。

「まずは真面目に通院してくださいね。無料低額宿泊所は一時的に住む所なので、アパート生活ができると役所が判断したら、住宅を借りる費用も出します」

朝川が次のステップを目指すように話しているのを、音丸はふぬけのような表情で聞いていた。

一週間後、朝川から、「阿見の戸籍を取り寄せたから、区役所に来るように」と音丸に電話があった。

見知らぬ兵頭靖夫という男を養子にしていたことを知ってから、ずっと元気のない音丸に頼まれて、健次も一緒に朝川の所へ行った。

「これです。怪しいと思いませんか」

見せられた阿見市郎の戸籍謄本には、兵頭のほかにも三人を養子にしていることが記載されている。兵頭はまた、別の人の養子になって除籍されている。苗字を転々と変えなくてはいけない理由があるのだろうか。うしろ暗い無気味なものを感じる。朝川によれば、養親は養子になる人より年齢が上でなければならない決まりがあるそうだ。音丸は兵頭靖夫より一歳年上なだけだ。ほかの人も阿見との年齢差がほとんど二、三歳だ。

通常、養子縁組は、親子といえるくらいの少なくとも二十歳くらいの年齢差があるのではないだろうか。それを考えると阿見はいかにも怪しい人物に思われる。

ひょっとしたら、阿見も知らないうちに戸籍を使われているのかもしれない。犯罪と関わっているのか。

「背筋が薄ら寒くなるなぁ、どうしたらいいかね」

音丸は気味悪そうに首を縮めた。

「法テラスの無料法律相談があるので、弁護士に相談するのが良いと思います。予約が必要ですので、まず電話してください」

朝川は法テラスの電話番号を書いた紙を渡した。

「弁護士に相談するときは有料ですが、生活保護を利用している証明を出せば無料になるはずです。証明は、わたしに言っていただければ渡します。戸籍を元に戻すにはかなり時間がかかるそうですよ」

千円のために、多大な時間と手間がかかる。音丸はふぁっーとため息をついた。法テラスへ電話すると、予約がぎっしりで、十日後と言われた。

音丸は、「怖い、気味が悪い」を繰り返して、予約日に行くのを渋る。やむなく、健次がまたもついて行くことになった。

鳴川に入所者のことは逐一報告している。簡単な業務日誌に、入所、退所などの記録と共に外出先なども記入する。音丸に同行することを話すと、「あんまり甘えさせるんじゃねえよ」と嫌みを言ったが、このところ、鳴川がちょいちょい、短時間、姿をくらましてさぼっているので、「仕事です」とだけ言って外へ出た。

法テラスはみどり公園の近くのビル内にあった。

公園で、野宿していると思われる男性がリュックを懐に抱えてベンチでうつらうつらしている。

今日は風がないから屋外にいてもそれほど寒くない。昼間だから安心して寝ていられるのか。

「おれもああだった。これが解決せんと、また、ああなるかなぁ」

音丸が気弱な表情を見せた。

「自分たちも紙一重だな」

健次も同感だ。

端正な顔だちの弁護士が淡々と説明した。

「まず、養子縁組の無効確認の調停を家庭裁判所に申し立てます。無効確認の調停調書を取得したら本籍地の役所へ届け出ます。調停が不調の時は縁組無効確認訴訟を起こして、無効確認の判決をとり、やはり本籍地の役所へ届けます」

健次は机の下から見える相手の黒い靴に目をとめた。

よく磨かれた上等なものだ。自身も音丸も安いスニーカーを履いている。音丸は穴が幾つも空き、ひもがすり切れたので、百円均一で買ったひもを通している。自分たちはどんなにあがいても弁護士の履いている靴には届かない。靴だけではない。着ている物も、これからの人生もだと思うと、両者の間に大きな壁がそびえているようで、胸がざわざわしてきた。

一度聞いたのでは分からない。もう一度たずねると、弁護士はいやな顔もせず、紙に家庭裁判所と書き、電話番号を記しながら繰り返した。

音丸はひぇーと漏らしたあとは黙ったままだ。大変な事になってしまったと後悔しているのか。

相談費用はとても払えない。調停の申し立てをするときはどうなるのか、健次がたずねる。

「費用は免除できると思いますよ。書類に書いて申し出てください。今日は三十分で一般的な相談だけなので、調停を申し立てるときはまた相談に応じます」

音丸は太い首をすくめた。法テラスを出ると、音丸は小さな声で自分をあざけった。

「ばかなことをしたもんだ」

曇り空に雲が流れていく。銀杏の樹が黄色に染まりつつある。あと十日ほどで十二月の声を聞く。

音丸は空を見あげながらため息をついた。

「もうじき今年も終わりか。寒くなると、おふくろは膝が痛くなるから、畑仕事こたえるだろうなぁ」

「専業農家か」

「米も野菜も作っているが、今は食べる分くらいだ」

「食べる分があればええじゃないか」

「うん、おれもいやいや手伝わされたけどな。新米はうめえぞ。おかずがなくても幾らでも腹に入ってくな」

音丸は目をつむった。今、田んぼの風景が、音丸の頭の中を占めているのかもしれない。

「なんだか、こんな所にいるのが夢みたいだ」

「夢？」

「うん、田舎にいた時は都会へ出るのが夢だったが、現実は厳しいな。……田舎が恋しいよ。田舎で米だけ作って生活できりゃぁいいがな。そうすりゃあこんな目に遭わずにすんだ。……おれ、人と付き合うのも下手だしな」

養子縁組のことを悔いているのか。それとも、生活保護を利用する境遇になったことを言っているのか。

「故郷に錦を飾るというが、難しいなぁ。正職員で就職した時は、ちっとは偉くなって、結婚もして子どもを連れておふくろに見せに帰りたいと思ったが……」

「故郷に錦か。今や、死語だぞ」

音丸はしばし黙り、話題を変えるように言った。

「なごみの米はまずいなぁ、おかずも少ないし……」

「ぜいたく言うな」

そうは言うものの、たしかに米はまずい。最近、鳴川が、「経費削減だ」と以前よりもっと安い米にして、量もどんぶり盛り切り一杯のみとした。

「おれは糖尿であまり米を食べるなと言われてるからまだしも、ふつうのやつは絶対、量も足りんな」

恨めし気な響きがする。

「日曜の朝は菓子パン二個と牛乳、昼はインスタントのラーメンかうどん、夜はおにぎり二個だろ、足りずに買い食いするから金がすぐなくなる」

日曜は食事作りの女性が休みなので、健次が、予算の範囲内で業務スーパーで購入してきた物を提供している。鳴川に言わせれば、食費をなごみハウスと同じ額を徴収しながら、日曜は食事なしの宿泊所もあるから、なごみハウスはサービスが良いそうだ。

「みんなよく我慢しとるな。そういえば、おれが入ったとき、文句を言いに来た若者がいたけど、あいつの言うこと正しいよ。あいつ、この頃、顔見んな」

若者はいつの間にか黙って姿を消していた。前払いした金を返すように請求しなかったから、文句を言ったときの鳴川の態度を見て、諦めたのだろう。数日しかいなかったから、大変な出費だったに違いない。夜勤専門の仕事をしているそうだが、どんな仕事だろう。

今は若いから無理もきいて続けられるがいつまでもできることではないだろう。

自分たちは、揺れ動く粗末な小舟の上で漂っていて、ざぶんと大波がきたら海の中に落ちるようだ。

「どこにも天国はないね」

音丸がぼそぼそ言った。

そんなものあるわけない、と言いそうになって、音丸を見た。精彩のない泣き出しそうな顔があった。

「養子縁組の取り消しの件はどうする?」

「うん……」

「このままだと困るんじゃないか」

「そうだな」

「弁護士に相談するんなら、一緒に行ってやってもいいぜ」

「うーん」

音丸は相変わらず、頼りない。自分のことなのにしっかりしろと言いたくなる。

「先に帰ってくれ。おれ、頭を冷やしてから戻る」

音丸は帽子を深く被ると、ホームレスが寝ていた公園に向かってとぼとぼ歩いて行った。


音丸がほっとした顔つきで事務室へ顔を出した。

「アネキと相談して家へ帰ることにした」

「家へ？　何か仕事があるんか？」

「そんな所にいるなら帰ってこいって。家で作った野菜を食べりゃあ病気はすぐ治る、と言っとる」

「野菜を食べるのは良いことだが、でも、生活は？」

「アネキが働いている老人ホームが人手不足で、介護助手として雇ってくれるそうだ。最初は少しずつやればできそうだ。おふくろも年だし、やっぱり帰った方がいいと思って……、故郷に錦は飾れんけど仕方ない」

「養子縁組のことはどうする？」

「ああ、それも話したんだ。帰ってきてからホームの弁護士に相談して進めればいいって……」

「しっかりした姉さんだね」

「今、いいかね？　アネキが話したいと言ってる」

「おれに？」

「うん、世話になったからお礼を言いたいって」

音丸は姉に電話をかけた。待っていたのか、すぐ、姉が出た。温かみのある実直そうな声だ。

「いつも良くしていただいてありがとうございます」

丁寧に、やさしく話す。

「区役所から扶養できるか照会の書類が来てびっくりして電話しました。そんなに困っていたなんて……早く相談すればよかったのにと叱ってやりました。……高血圧と糖尿病は食事が大切なので、家に帰ってきた方が良いと思います。わたしがしっかり面倒みます」

姉はそこで、クックッと小さな笑い声をたてた。出来の悪い弟を心の底から心配しているような声だ。

「母も年をとり弟のことを案じていたので、帰ると聞いて喜んでいます」

ハウスにいる者は親族との人間関係が破綻していることが多く、こんな電話はまずないと言ってよい。久しぶりに心が晴れ晴れする。

「いい姉さんだな」

電話を終えて音丸がうらやましくなる。

「口うるさいけどな。小さいとき、悪さすると、えらく怒られておっかなかった」

音丸は今まで見せたこともない明るい顔をしている。

「何も持って帰らんのも具合が悪い。N市の土産は何がいいかな?」

「手羽先か、きしめんだろう」

「どっちがいいかな。まあ、両方にするか」

乏しい金を工面して土産を買うと言う。

「いろいろ世話になったな。いつかここを出て行くだろう？　落ち着いたら、おれんちへぜひ来てくれ。米も魚もみかんもうまいんだ」

家へ来てくれと初めて言われた。

幼い頃から今まで誰からも自宅へ招待されたことがない。小学生の頃、同級生の親から、「健次と遊ぶな」と名指しではっきり言われたこともある。両親が働いていて忙しく、ひと間しかない家なのに片付いていなかったからか。家を留守にすることが多かった父が久し振りに帰宅すると、きまって酒を呑み、母とけんかして暴れたからか。汚れた服を着ていたからか。

自分はその頃、肩をすぼめ、いつも泣いたような顔をしていたに違いない。

なごみハウスの職員として当然のことをしただけだ。それなのに、家へ来てくれと言われた。音丸のひと言で、清々《すがすが》しい風がさあっと吹いたような気がする。

音丸が夜行バスで故郷へ帰って行った。

都会で成功する夢は破れたが、顔がすっきりしている。姉と母がいるから、きっと新しい人生をつくっていくことができるだろう。

第五章　なごみハウス　サボテン

砂田健次がトイレ掃除を終えて浜本進の部屋の前を通りかかると、中からうめき声がする。

「浜本さん、どうしました？」

ドアをノックした。ノブを回すと開いた。

「大丈夫ですか？」

駆け寄ると、つむっている目を開けたがうつろだ。額に手をやると熱い。風邪か。高齢だから肺炎かもしれない。事務室から体温計を持ってきて測ると、四十度もある。寒いのか体を縮め、息がはあはあ、と荒い。

鳴川初男もやってきて声をかける。

「浜本さん、救急車呼ぶからね。しっかりしな」

浜本がうっすらと目を開け、顔を小さく振った。

「救急車呼ぶのがいやなの？」

軽くうなずく。

「どうして？　早く病院へ行かないとひどくなるよ」

浜本は声を振り絞るようにして喘《あえ》ぎ喘ぎ言った。

「金が……ない」

浜本は生活保護ではなく年金で生活している。年金額は生活保護の最低生活費をはるかに上回っているが、年金を担保に金を借りているので、その返済で手元に入る金が少ない。なごみハウスの金はきちんと払っているが、何のために借金したのかを決して言わない。

「今はそんなこと言っておられん。一刻を争うかもしれん。とにかく呼ぶから」

鳴川は有無を言わせない言い方をした。

救急車が来た。

浜本は金がないからと国民健康保険に加入していない。背が低く痩《や》せぎすで、一見弱々しそうだが今まで寝込んだことはない。

救急隊が受け入れ先を探している間に、健次は身の回り品を用意したが、下着のほかはいつも着ているジャージとくたびれたタオルが一枚あるだけだ。

「おまえ、ついて行け」

鳴川に言われて、浜本の緊急連絡先を書いたメモを持ち、救急車に乗り込んだ。

運びこまれた海川病院に入院となった。肺炎で重症になる恐れがある。万一のことを考え、また、保証人が必要なので、すぐ親族に連絡するように言われた。

緊急連絡先は、滋賀県の田舎に住む長男、浜本昌樹になっていて電話番号も記されている。浜本が七十三歳だから長男は四十代だろうか。現役で働いているだろうから、平日の昼間はいないかもしれないと思いながら電話をかけた。

長い呼び出し音のあと、ようやく声がした。

「もしもし」

「浜本昌樹さんのお宅ですか？」

「……」

相手はこちらをうかがっているような気配がする。

「わたしはN市にあるなごみハウスの砂田と言います。お父さんの浜本進さんがたった今、肺炎で中央区にある海川病院に入院されました。重症の恐れがあります。病院が親族に連絡するように、また保証人をたてるように言っています。国民健康保険に加入の手続きも必要です」

一気にしゃべった。

「関係ないです」

突然、男の低い声がした。息子の昌樹なのか。

「昌樹さんですか？」

「どうしてこの番号を知ってるんですか？」

「浜本進さんが、緊急連絡先として、長男の昌樹さんの名前と、この電話番号を書いているんですが……」

「緊急連絡先に？　図々しい。あの男は父と呼べるようなやつではない。散々、迷惑をかけられたんです。保証人なんてとんでもない。生きようが死のうが関係ありません。もう、電話しないでくださいっ」

男は荒々しくガチャンと電話を切った。

浜本は息子と絶縁状態なのか。厄介なことになったと思いながら病室へ行った。

注射をしたあと、四人部屋で点滴を腕に眠っている。ほかの三人も高齢者で、全員、いびきをかいている。食堂でご飯やおかずをよそって渡す時に顔を見るくらいで、こんな顔をしていたのかとしげしげと見る。小柄で痩せていて、髪は少なく、眉も唇も薄い。顔にシミが広がっている。

随分前に妻と別れたと聞いている。

年金を担保に借金をしていなければ、かなり余裕のある生活ができるのではないかと思われる。長い間、働いたから年金もあるのだ。息子が幼いときはかわいがって育てたのではないか。それがどういうことで、こんなに息子から悪口を浴びせられ、死んでも関係ない、とまで言われることになったのか。

心が寒々としてくる。

「なごみハウスさんの入所者だから生活保護とばかり思ってましたが、違うこともあるんですな。医療費は払えるんでしょうなぁ」

病院の事務長は、息子がこないことを告げると、太った体を揺すりながら、医療費のとりはぐれを警戒して目をさかんにパチパチさせた。

生活保護利用者なら国が保証していることと同じだから安心なのだ。

「大丈夫と思います。息子さんのことは、浜本さんが目を覚ましたら事情を尋ねます」

そう答えたものの不安になる。仕事があるからとなごみハウスへ戻り、鳴川に報告した。

「役所で事情を話して代理で国民健康保険に加入して、保険証と高齢受給者証を受け取る手続きをしてこい。入院中、部屋代以外を免除してやれば入院費は払えるはずだ。長引くならいったん退所扱いにする」

「退院の時、ここの部屋が空いていなかったら？」

「誰か出て行くまで、ほかの老人病院か老人保健施設を探して、しばらく置いてもらうんだな」

「息子のことはどうすれば？」

「病院は医療費の支払いを心配して保証人を立てろと言うんだ。金さえ払えば大丈夫だ。万一、死亡した時はおれが息子とかけ合う」

二日後、病院から浜本の容態が急変した、と電話があった。長男に連絡せねばなるまい。

「おれが電話する。おまえは病院へ行け」

病院へ急ぐと、浜本は個室に移されていた。目をつむり酸素吸入をして、点滴を受けている。

「浜本さん」

返事がない。長男に縁切りをされたまま、人生の終わりを迎えるのか。携帯の着信音がした。鳴川からだ。

「長男と連絡がついた。遅くなるが病院へ行くそうだ。それまでそこで待機せい」

息子が来る？　どんな手を使ったのか。金髪の若者を威嚇《いかく》したように脅したのか、それとも父子の情に訴えたのか。浜本はげっそりやつれて眠っている。

現れた長男の昌樹は背が高く痩せていて、上質な背広を着ていた。四十代半ばくらいか。父に似た薄い眉と唇をしている。眠っている浜本のベッドのそばに立ったが呼びかけることもせず、黙って見下ろした。

事務室へ案内したが、軽く会釈をしただけだ。事務長に促されて保証人欄に、住所、勤務先、電話などを記した。書き慣れている見事な字だ。

「ほう、大学にお勤めですか。教員、なるほど。名刺をいただけんですかな」

「急いでたので持ってくるのを忘れました」

事務長と昌樹の目が激しくぶつかり合った。勤務先の大学は京都の有名な私学だ。

事務長は、保証金を五万円請求した。海川病院の保証金は通常、三万円だから相手をみて吹っかけたのだ。

「いやぁ、立派な息子さんがみえてこちらも安心しました。大学へお勤めとは、お父さんも大きな船に乗った気で療養できますなあ」

事務長はぺらぺらとしゃべった。

「それでは、わたしはこれで」

「えっ」

事務長と健次が同時に声を発した。

「容態が悪いので、いつ、危篤になるかもしれません。しばらく付き添っていたらどうですか」

事務長が押しとどめたが、昌樹は顔色を変えない。

「何度も来られないですから、亡くなってから連絡してもらえばいいです。おやじはもう、いないものと思っているので今さら、どうこうはありません」

冷たく言い放つと、身を翻して事務室を出て行った。

スマホで検索すると、某私大の法学部教授として経歴と写真が出ていた。中高一貫の進学校を経て京都にある国立大学を出て、アメリカ留学もしている。

浜本も年金額からして、高学歴でエリートだったのかもしれない。親子関係がこじれるとこんなことになるのか。しわだらけの小さな顔に苦しみを漂わせて眠っている浜本が哀れだ。

「不思議ですなぁ、持ち直しました。もう大丈夫と、医師が太鼓判を押しました。奇跡ですよ」

十日ほどたった頃、危篤状態だった浜本が危機を脱した。事務長の電話も、厄介なことを避けることができたという響きがある。

「点滴や注射が効いて良くなったということもありますが、あんな息子に世話になりたくないということが励みになって、意地でもまだ死ねないとなったんじゃないですかね」

健次もそうかもしれないと思う。様子を見に行くと、浜本はおかゆを食べていた。

「どうですか?　元気になりましたか?」

「うん、随分、良くなった。もうしばらく入院しておれば退院できるそうだ。世話になったね」

「浜本さん、いい息子さんがいて良かったですね。保証人になって、保証金も五万円入れてくれましたよ」

浜本は、しばし、考える顔をした。

「あんたが息子に連絡してくれたんかね？」

「最初は自分が電話したけど、途中で切られてしまって……そのあと、管理人が電話をしました」

「そうか……」

「早く元気になってハウスへ戻れると良いですね」

「……うん、……でも、なんでこんなに長生きしてるんだろうなぁ、もうお迎えが来ても良い頃だけどね……もうちと、生きよと言うことかねぇ」

浜本はおかゆの残りをかみしめるように食べ始めた。

一週間ほどして浜本は退院した。

健次が息子に電話したが出ない。やむなく留守番電話に退院したことを吹き込んだ。心配して、ときどき、部屋をのぞくと、寝たり起きたりしながら、ぼんやりテレビを見ている。ずっと髭《ひげ》をそらないので顔が髭に埋もれている。退院後、息子に電話をしただろうか。

「具合が良かったら散歩したらどうですかね。寝てばかりだと、足が弱りますよ」

「うん？」

「筋肉をつけると良いそうです。また、息子さんに迷惑かけるといけないですからね」

テレビから目を離さず返事もしなかったのに、数日後、浜本は廊下を行ったり来たり歩き始めた。

「その調子。今度は外へ行くといいですよ」

廊下を掃除しながら励ます。

「……うん」

そのときは気のない返事だったが、髭をそると近くの公園まで散歩に出かけるようになった。

買い物の帰り、健次は公園に寄ってみた。もうすぐ十二月なのに暖かい日が続いている。真赤な山茶花《さざんか》が咲く公園の中を、浜本がゆっくり歩いていた。

「浜本さん、疲れないですか?」

「いや、いい気分だ。もうひと踏ん張りするよ」

浜本はにやっと笑って、また歩き出した。何かに立ち向かうように、足に力を入れているのが分かった。


十二月に入ったばかりの夕方、本社の山崎部長から電話があった。

「銀行に金が入っていないがどうした?」

今日は生活保護費の支払日で、午前中、いつものように四回に分けて区役所へ連れて行き、帰りのワゴン車に乗せる前に金を集め、帰ってから鳴川に渡した。

鳴川は金を勘定したあと、銀行へ全額を入金に行く。本社はそれを受け取り、その後、食材費など必要な額をなごみハウスの通帳に入金する。

今日も昼すぎに、「銀行に入金したあと、中央区役所から呼び出しがあったからその足で回る。遅くなるかもしれん」と言って出かけたが、まだ戻ってない。

「鳴川さんが入金に行きました」

「おかしいな。おい、すぐ鳴川に電話しろ。こっちもかけてみる」

　声だけで、まだ会ったこともない山崎が乱暴な声で命じる。鳴川の携帯にかけたが呼び出し音が流れるだけだ。また、山崎から電話があった。

「区役所に本当に行ったか調べろ。部屋も見ろ。金が置いてないか、持ち物がなくなっていないかもだ」

　事務室の奥にある六畳をカーテンで仕切り、ふたりで使っている。鳴川の小チェストを開けると何もない。ベッドの下にある物入れは替えシーツがあるだけだ。

　区役所の朝川に電話すると、「呼び出していません。何かありましたか」と逆に聞かれ、適当にごまかして電話を置いた。山崎に伝えると、どら声が返ってきた。

「持ち逃げだ。くそっ、あいつ、ただじゃあおかんぞ」

「持ち逃げ?」

「金が入ってないんだ」

「でも、まだ、持ち逃げと決まったわけでは……」

「決まっとるっ。今からそっちへ行くくっ」

　大声で怒鳴り、電話が切れた。

　鳴川が持ち逃げ?

　三百四十万円ほどの金だ。大金だが、持ち逃げするほどの金だろうか。不思議な気がする。また、携帯電話にかけてみたが、やはり呼び出し音がするだけだ。何か事故に遭ったのではと考えたが、用もないのに中央区役所に行くと言ったことは、発覚が遅れるようにしたと思われる。やはり、逃げたのか。しかし、ちょっと派手に使えばすぐなくなってしまう額だ。

鳴川は仕事の指示以外、ほとんどしゃべらないので、どんな人間かよく分からない。健次のこれまでの職歴などを聞いたが、自身のことは何も言わなかった。唯一、テレビで北海道のスキー場が映ったとき、「おお、懐かしいなぁ、やりてえなぁ」と口にしたことがあり、食いいるように見つめていた。真冬でも室内では靴下を穿《は》かず長袖一枚だけだ。寒さに平気だから、このスキー場近くで育ったのか、と思った覚えがある。

夜遅く山崎が大型のキャリーバッグを引いて現れた。想像していたよりずっと若い。まだ、三十歳にならないかもしれない。背が低く、ダブルの黒いスーツを着て、ボタンがとれそうなくらい腹が出ている。薄茶色のサングラスを取ると細い目が現れ、厚ぼったい唇から電話と同じ声が吠えた。

「当分ここにいる」

なんてやつ。心の中で思うが黙って頭を下げた。

山崎は本社に、到着したことを伝えると、今まで、鳴川が使っていたベッドのマットを持ち上げたり、小チェストや物入れをあらためた。

「やっぱり、ずらかったんだ。なんだ、これは？」

サボテンに目をとめた。大事に育てていたのに、急いでいたのか置いたままだ。

「鳴川さんの物です」

「なんだ、じいさん趣味か……、待てよ」

山崎はサボテンの鉢を引っくり返した。床の上に土がこぼれる。手を鉢に突っ込んだが、何も出てこない。

翌日、山崎は机の中をかき回し、パソコンを点検し、主要なメモリーがなくなっているとわめいた。

「おい、食品会社からの伝票知らんか？」

「伝票？　知りません。自分はそういうのにいっさい、タッチしてなかったんで……」

「ちぇっ」

事務室で片づけをしていると、山崎が食品会社に電話している声が聞こえる。まもなく電話を放るように置いた。

「畜生、やっぱり、インチキしてやがった」

食品会社から安く仕入れ、それより一、二割ほど高い偽の伝票を作成して本部に請求し、差額を懐に入れていた。鳴川はここができたときから働いているから数年になる。その間の金額はかなりの額だ。

「おまえ、何も気がつかんかったか？」

「ええ、鳴川さんは全部、ひとりでやっていて、自分は命令されて動いていただけで……、だいいち、あの人どういう人ですか？　余分なことしゃべらないし……」

「うん？」

「自分のこと言わないから年齢も、どこの生まれで、今までどんな仕事してたのかも知りません」

「先代の社長が世話になったらしくて、ここに引っ張ったんだ。五十くらいじゃないか」

「先代の社長？」

「もう亡くなったがこの仕事を始めた人だ。世間では貧困ビジネスとたたくが、ホームレスを救う立派な仕事だ。ホームレスは野宿せずに金ももらえて暮らせる。先代の社長は土木会社をしていたが、世のため人のためにこういう道に入ったんだ」

山崎は胸を張った。

「鳴川さんは幾らぐらい、ポッポに入れてたんで？」

「数百万にはなるな。やばいと思って逃げたんだろうが、おまえ、怪しいと思わんかったのか？」

「いいえ……」

山崎は本社へ電話をして長いこと話していた。

「まだ、誰にもしゃべっていないな」

「はい」

「中央区役所には内緒にしろ。分かったな」

「警察には届けないんで？」

「被害届を出すと、余計、ややこしくなる」

「でも、大金ですよ、それに役所にばれたら……」

「ばれたら、調査中とか言ってうやむやにするんだ」

「そんなことできますかね」

「ばかっ、金を持ち逃げされたとあっては、管理が行き届いていないとか、入所者の生活がちゃんとできていない、と運営にまで口を出されるかもしれん。悪い評判が流されて入所者が減るかもしれん」

そんなものか。この会社は何かえたいが知れない。

「厚労省が八月に無低の設備や運営に関する基準を公布した。一部を除き来年四月から施行される。各都市で条例が作られる予定だ。パブコメもするそうだ」

「パブコメって？」

「おまえ、知らんのか」

「はあ」

山崎は鼻をひくひくさせて得意そうな顔をした。

「パブリックコメントと言うんだ。行政が条例や何かの計画を作ったりするときに市民の意見を聞く」

「……」

「N市は来年早々、意見を募集するらしい。そんなときにこんなことが表に出てみろ。いろいろ条件つけられ規制されるかもしれん。何に利用されるか分からん」

「入所者から鳴川さんのことを聞かれたら何て言うんですか？」

「急に体調が悪くなって、故郷へ帰ったとでも言え」

「故郷はどこですか？」

「北海道だ。詳しいことは知らん」

北海道。やはり、そうか。スキー場を懐かしがっていた姿がふっと浮かぶ。それにしても思い切ったことをしたものだ。どこへ逃げたのか。会社に大きな損失を与えて、たいしたものだという気もする。

しかし、数百万円はすぐなくなってしまうのではないか。危険を冒してまで、手に入れる金額だろうか。何か事が起きて急にまとまった金が必要になったのか。

ベッドに入っても、鳴川が見せた左腕の切り傷跡が大きく広がり迫ってきて寝付けない。隣の山崎は、鳴川に負けないくらいの大きないびきをかいている。

「おまえ、お払い箱だ」

翌朝、掃除をして事務所に戻ると、椅子に反り返った山崎が唐突に言った。

「お払い箱?」

「鳴川の不祥事に気がつかなかったから、間に合わんと判断した」

「えっ」

何ということか。このハウスでずっと働くとは思ってもいなかったが、あまりにも急だ。あっけにとられていると、追い打ちがかかる。

「おまえは鳴川が勝手に雇った。雇用契約書も交わしてないから、どこへ出てもおまえの負けだ」

「そんな……」

「お情けで今週末まで待ってやる。それまでは同じように仕事しろ」

「……」

今日は水曜日だから、今日を入れて四日間の猶予しかない。次を考えるにしてもあまりに急だ。手を抜かずに一生懸命仕事をしてきたつもりだ。あまりに一方的ではないか。

「急に言われても困ります」

「こちとらの都合もある。今夜、本社からお前の後釜が来る。ベッドを明け渡せ」

「えっ、自分の寝る所は？」

「床に段ボール敷きゃ、寝られるだろう」

こんな所、すぐ出ていってやるっ。

頭に怒りが昇り、思わず叫びそうになった。山崎は鼻にしわを寄せて、からかうような目をしている。その顔を見て、はっとした。相手の土俵に乗るところだった。こうやって怒らせてすぐ出て行かせるつもりだ。

危ない。

落ち着け、頭を冷やせ、冷静に、と言い聞かせる。反撃することを急いで考える。

「出て行ってもいいがちゃんと金を払ってもらおう」

「何？　金？」

「そうだ。今年の五月から働いていたんだ。すぐ出て行けとはあんまりだ。それ相当の金くらいよこせよ」

「なんだと？」

「区役所と警察に、大金が持ち逃げされたとばらしてもいいぜ」

「なにっ」

「ばらすと言ってるんだっ」

「……」

「今日、出て行く。二十五日締めの月末払いだ。先月から今日までの八日分も精算してもらおう」

予想もしていなかった反撃をくらったのか、山崎の目が一瞬泳いだ。唇をなめ、眉をひそめる。

「分かった。相談する」

健次がリュックに服を詰め終えると、本社と相談を終えた山崎がいまいましげに言った。

「六万円だ。これ以上は出せんと言ってる」

賃金が八万円だから、その半月分と八日分、少々足りないが、やむを得ないと手を打つことにした。健次がうなずくと、山崎が大判の財布を取り出し、一枚一枚、ゆっくり数えながら机の上に置いた。そのとき、机の上に無造作に置いていた印鑑が床にころがり落ちた。健次は拾いながら印鑑を見た。

阿見《あみ》、とある。

阿見、どこかで見たことがある。頭をフル回転させる。そうだ、音丸の養子になっていた兵頭靖夫が次に養子縁組をした人だ。北海道虻田《あぶた》郡が本籍地だった。

思わず、あっ、と言いそうになりながら机の上を見ると、貯金通帳がある。

なごみハウス　阿見市郎　と書いてある。驚くさまを山崎に悟られてはいけない。冷静に、と自身を抑えながら、何気ないふうを装って口にする。

「鳴川さんの本名は阿見だったね」

「ああ、何だか知らんがそうだ」

鳴川が姿を消した理由が分かった。音丸のことは養子縁組の件も含めてすべて報告していた。阿見の名が出て驚いただろう。きっと養子縁組に加担していたのだ。警察沙汰になったら事情を聞かれると思ったのかもしれない。

「ここに領収証がある。名前の下に、今後、異議申し立てはしません、と書いて印鑑押せ」

領収証に署名と押印してから奥の部屋に入り、カーテンを閉めた。

山崎に見られないように、鳴川が、「金はここに入れろ」と百円均一で買ってきて渡してくれた、ファスナー付き腹巻に金を収めた。

鳴川は、支払日に入所者から徴収した金を、「カバンでは誰かに襲われるかもしれん、カバンに入れるな」と常々、口やかましく言っていた。それを聞いて、健次は寝る時も金を腹巻に入れるようになった。

会社と電話をしている山崎に背を向け、浜本の部屋に向かった。声をかけ、ドアを開けたが姿がない。散歩に出かけたのかもしれない。このハウスでたったひとり、気になる人だ。

達者でな。

そっとつぶやいて玄関に向かった。

鳴川がプランターで育てていた赤と黄、紫色のパンジーが、柔らかな光を受けて輝いている。

いつも、「手をかけてやりゃあ育つ」と口にしていた。部屋へ戻って、放置されていたサボテンの鉢をビニール袋に入れ、リュックにしまった。そのままにしていたら枯れるだけだ。自分が代わって育てよう。

もう二度と野宿に戻りたくないと決心し、酒とタバコをやめるように医師から言われたことを守っていた。仕事が忙しくて外で遊ぶ暇はなく、ハウス内は禁酒だった。それが幸いしてほとんど使わず、貯めた金はおよそ三十五万円ほどになる。今日の金と合わせると四十万円あまりが腹巻にある。

ハウスにいる間に腰痛も高血圧も良くなってきた。運転免許証と、鳴川に仕込まれたパソコン技術を武器に、もう一度やり直すのだと腹を決めた。まずは、アパートを借りて職探しだ。

家の確保だけでもしたいが、年末まで一カ月という慌ただしさの中でうまくいくだろうか。金のあるうちに何とかなるだろうか。一抹の不安もよぎる。

なんとかなるさ。

声に出すとパワーが出てくる。健次は不動産店を目指して、勢いよくなごみハウスを出た。

リュックの中でサボテンの鉢が揺れる。

逃げて行く鳴川と違って、ここらで根を張るのだ、という思いが胸いっぱいに広がった。

第六章　アンドレ

空が黒雲に覆われ、強い風が吹き始めた。十一月になり寒い日が続いている。

大学院を休学している横沢聡太は、双葉明夫とふたり一組になって、夜十時、野宿しているホームレスにカイロやおにぎりを渡す巡回を始めた。一時間ほど受け持ちのエリアを歩き、悩みや相談事も聞く。

ネオンが次第に消え、一刻、一刻、黒いビロードの布が織られるように暗闇が増していく。街灯にあぶり出された夜の街は、昼間と違って人影もなく静かだ。寒さが身に染みる。ダウンコートを着てきて良かったと思いながらビル街を歩いて行くと、銀行と証券会社のビルの間で段ボールの上に横になっている人を見つけた。濃緑色のパーカのフードを頭から被り、腕の中にリュックを抱え、傍らに大きなボストンバッグを置いている。

眠っていたら起こしてはいけない。初めて巡回に参加した日、「こんばんは」と大きな声で挨拶をして、寝入りばなだったと怒られたことがある。

聡太が使い捨てカイロとおにぎり、温かなお茶を入れたビニール袋をそっと置いたとき、フードから顔がのぞいた。街灯の薄暗い光の中に濃い髭で下半分が覆われた顔がぼやっと浮かんだ。三十代くらいか。

「寝ているのに起こして悪かったですね。これ、良かったらどうぞ」

「マネーない」

フードをとって顔を出し、いらないと手を振った。肌が黒っぽい。外国人か。瞳は不安げだ。

「お金はいりませんよ。無料です。わたしたちは野宿の方を支援しているボランティアです。どうぞ」

「ああ、サンキュー」

青年はほっとした表情を浮かべ、手を出した。

「ひとりでここにいるんですか？」

青年は体を起こしながらうなずいた。

「怖くないですか？　ひとりだと襲われることもあるから、近くの公園で野宿している人たちと一緒に寝た方が良いのでは」

一昨日、近くのビルの陰で寝ていた七十代の男性が、中学生くらいの少年たちの投げた石で、頭にけがをしたばかりだ。

少年たちは、「消えろ」、「くず」、「やっちまえぇ」とわめきながら投石したあと、走って逃げたそうだ。幸い大きなけがではなかったが、命にかかわることになってはいけない。

「目をつむってるだけ。寒くて寝られない……」

青年はぶるっと震えると、パーカで顔を覆い、目だけ出して聡太の顔を見つめた。

「体の具合はどうですか？　どこか悪い所がありますか？」

「大丈夫。ぐっすり眠りたいだけ」

「野宿しているのはどうしたんですか？　失業？」

「うん」

　複雑な話になりそうで、ベテランの双葉に代わる。

　双葉は名前を名乗ったあと話しかけた。定年退職後、ボランティアを始めた元教師の双葉には初対面の人も大抵が心を開く。数年間にわたる支援活動で蓄えられた相談にのる能力や、話しているうちに、にじみ出る温厚な人柄が、安心感を与えるのだろう。中肉中背、半白の豊かな髪で、リュックを背に、スニーカーでさっそうと歩く姿は青年のように若々しい。

「困っているなら相談にのりますよ。わたしたちは野宿している方たちのお役に立つようにボランティアをしています。良かったらお話をお聞きしましょうか」

　青年はハヤカワ・アンドレと名乗った。

　国籍はブラジル。日系三世、三十八歳。独身。ブラジルで暮らしていたが、幼い時に父が死亡。ブラジルでは仕事がなく、十年前来日して、日系二世である母がすでに働いていたN市内にある電気部品を造る工場の寮に入り、一緒に働いていた。しかし、工場が不法滞在のベトナム人を多く雇用していたことが摘発され、倒産した。解雇され、雇用保険も終了し、仕事を探しているが見つからない。

　母は解雇後、群馬県の自動車会社で働く親族を頼って行ったが、その後、携帯電話が不通になった。親族に電話するとこちらも不通になっている。寮も出るように言われ、あてもないまま出た。頼る知人もない。

　薄暗がりの中で、眉間にしわを寄せながら低い声でぼそぼそと話す。今後、どうなるのか不安な表情がにじみ出ている。

　聡太は、日本の反対側の遠いブラジルから来て、簡単に使い捨てられ野宿に陥った境遇を知り、最後まで面倒をみない工場主に対する怒りが湧いてきた。

　きっと安い賃金だったに違いない。ゆとりのある賃金だったら貯金も多少でき、次の仕事が見つかるまで生活できただろう。母親もどうしたのだろう。事故に遭っていなければ良いが。さまざまな思いが駆け巡る。

　双葉が眼鏡の奥からやさしいまなざしでたずねた。

「それはお困りでしょう。お金は幾らぐらい持っていますか？」

「あと、千円くらい。ネットカフェで泊まりたいけどノーマネー」

　生活に困れば生活保護を利用すれば良い。日系三世だから在留カードを持っているのではないか。

「在留カードを持っていますか？　あればカードを見せてください」

　アンドレはパーカの下の左胸に手を入れて、財布から在留カードを取り出した。巡回で使用する懐中電灯で照らして見ると、定住者であり在留期間に問題はない。外国人は生活保護を利用するとき、居住地と登録地が同じことが必要である。登録地はN市中央区なので、この地で生活保護を申請できる。

聡太は心の中で、ラッキーと叫んだ。

「生活保護を利用しましょう」

困っていたら生活保護を利用するのだ。

「セイカツホゴ？」

舌が引っ掛かりそうな感じで発音した。聞いたことがない言葉なのか。双葉が簡単に説明する。

「ええ、日本には生活保護という制度があります。いろいろ条件はありますが、あなたは日系三世で在留カードがあり、定住者なのでオーケーでしょう。利用するには区役所で相談します。オーケーになったら生活費やアパートを借りるお金が出ます」

「金が出る？」

アンドレの顔に、いぶかしげな表情が浮かんだ。

「そうです。明日、区役所へ行きましょう。初めてで不安でしょうから、横沢が一緒に行きます。明日の朝、九時にここへ迎えに来ます」

アンドレは見知らぬ人たちの勧めに驚いた様子だ。暗がりの中でそんなことは信じられないという顔をしている。一瞬、躊躇《ちゆうちよ》したように目を瞬いたが、困っているのが先に立ったのか、首を縦に振った。

連絡のために、スマホの番号を教え合った。

横沢聡太、と名乗ったが、言いにくいとのことで、ソウさんと呼んだ。

聡太が昨夜の場所に迎えに行くと、アンドレがもう起きていてにっこりした。朝の光で見ると、眉が濃く、青味がかった瞳をしている。

「ほんとに来るかなと思って心配してた」

野宿して一週間になり、これからのことを考えると不安で、寒さも加わりずっと眠れなかった、と顔に疲れが見える。立ち上がると上背があり、百七十センチの聡太よりも高い。筋肉質の体形だ。

聡太は面長の顔に細い目、平凡な顔立ちである。

中央区役所は歩いて十五分の所にある。聡太は支援活動に加わるようになってからまだ半年ほどで、生活保護申請の同行は今日が初めてだ。双葉は別の用事があり、ひとりで面接に同席せねばならず、不安である。

面接員の鉄原耕作が出てきた。ほかの区役所では尊大な態度の職員もいるが、鉄原はきちんと話を聞き、思いやりのある対応をする、と支援仲間で評判が良い。ほっとする。

面接室に通されていろいろ聞かれたあと、生活保護の申請をした。いったん一時保護所に入り、二週間程度、居宅での生活ができるかどうかの判断を受け、問題なければ住宅を借りる費用を役所が出す。

担当は四月に就職したばかりの朝川拓也ケースワーカーである。新人だが、それを補うように熱心に求職活動について説明した。

「若いし健康だから仕事さえ見つかれば自分でやっていけるでしょう。頑張ってくださいね」

アンドレは日本語の会話はほぼ問題ないが、読み書きはほとんどできない。申請書も、日本へ来てから覚えたというローマ字で書いた。

一時保護所へは聡太が付き添った。地下鉄に乗り、途中で一回、乗り換える。道順を教えながら行く。

費用は無料で、六畳と三畳の畳敷きの部屋に三人が寝起きする。各部屋にトイレはあるが風呂はなく、共同シャワーである。

三畳の部屋は先住者がいて、ふすまが閉じられ大きないびきが聞こえてくる。アンドレは六畳に、五十がらみの目の鋭い男性と一緒である。男は寝転びながら三日前のスポーツ新聞を広げていて、挨拶するアンドレをじろりと見たが、自分は名乗ろうとしない。

「モクを持ってねえか」

「モク？」

「知らんのか、タバコだ。挨拶代わりだよ」

「ぼくは吸わないから……」

「ちぇっ、しけてんなぁ、そっちはどうだ？」

顎を突き出しながら聡太にたずねる。

「わたしも吸いませんから」

何というやつと思いながら答える。

男は、「ちぇっ」と、大げさに舌打ちすると、また、スポーツ新聞の競馬欄を読み出した。こんな男と一緒の部屋とは気の毒だ。

アンドレはベッドでないことに驚いた様子だが、「大丈夫です。寝られます」と繰り返した。

食事は三食とも弁当で、一日に二百三十円の日用品費が出る。

朝川から、三日に一回はハローワークで仕事を探し、渡された求職活動状況申告書にハローワークの押印をもらい、月末に役所へ提出するように言われた。ハローワークまではここから徒歩三十分だ。

「今から行きましょう。道を教えます」

部屋に荷物を置いて外に出た。

「あんな人と一緒では困るかもしれませんね。気をつけた方がいいですよ」

「ああ、ああいう人は工場にもいた。なんだかんだと文句つけてきたり、宴会やるから金を出せと言って、日本人だけで居酒屋へ行った」

「ひどいことをしますね。何かあったら職員に言うと良いですよ」

「うん……」

アンドレは気が重そうな顔をした。

ハローワークは混雑していた。

アンドレは、来日してから働いていた電気部品の製造の仕事か、それと同じような仕事をしたいと希望した。検索機で検索して、良いと思った所があればプリントして、求人先と面談できるか職員に相談する。

しかし、日本語で書かれているので、アンドレでは検索できず、聡太が読み、アンドレに説明しなければならず時間がかかる。

職員に相談すると、別の場所に外国人専門の相談センターがあり、アンドレが使用するポルトガル語でも対応すると言う。「そこへ行こう」と言う聡太に向かって、職員はすまなそうな顔を向けた。

「履歴書の書き方などを教えてくれますが、仕事は通訳とか語学講師などの求人が多いですよ。製造業の仕事があるか、まず、検索したらいかがですか」

検索すると、職員の言う通り、語学講師の仕事なら幾つかあるが、製造業は一カ所だけ。それも、N市から遠く離れたK市内で寮生活だ。下請けの製造業に従事するのは外国人技能実習生が多く、受け入れ団体などのルートで就職しているようだ。

N市で仕事を見つけ、アパートに入った方が良い。寮では仕事がなくなれば、また、追い出されるかもしれない。求職活動を真面目にすれば仕事が見つからなくても、区役所が、居宅生活をすることができると判断して、アパート費用を出してくれるだろう。まず、住む所を確保することが先決だ。仕事はそれから探せば良い。

聡太がアンドレに説明すると、「寮はもういやだ。アパートが良い」とはっきり答えた。

野宿が続いて疲れているだろう。今日はこれで終わることにした。

ハローワークを出て川沿いを歩く。ナンキンハゼが赤く色づいている。樹の名前に興味もなかったが、以前、双葉と出かけたとき、教えてもらった。双葉は生物の教師をしていたそうだ。川のそばにベンチがあり並んで腰掛けた。川の水が時々、きらっと光り、昨日と違って暖かな日差しが注ぐ。

もう正午だ。一時保護所は新規に入所したとき、食事は夕食からしか出ない。アンドレは昼食用として、区役所でクラッカーをひと箱受け取っている。

聡太は近くのコンビニへ行き、サンドイッチとコーヒーをふたり分買ってきた。

「クラッカーじゃ足りないでしょう。これ、どうぞ」

「えっ、いいの？」

「ええ、わたしもここで済ませるから」

「サンキュー。ソウさんは親切だね」

サンドイッチを口に入れながらたずねる。

「こんな遠い日本へよく来ましたね」

「ブラジルにいても働く所がないから仕方ない」

「向こうには誰か肉親がいるんですか？」

「おばあさんと暮らしていたが、亡くなった。それで、マーイを頼って来た。向こうにはもう誰もいない。早くマーイを見つけたい」

頼りにしていた母親の行方が分からずどんなに不安だろう。話題を変えて趣味を聞く。

「フットボールが好き。また、やりたい。同じ工場にいたベトナム人と、昼休みにボールを蹴っていた」

「そのベトナムの人は？」

「不法滞在でつかまって連れて行かれてそれっきり。つらい思いをするのは、ぼくみたいなガイジンばかり」

ガイジン、と語気を強める。

「ソウさんはこれが仕事？」

「これはボランティアでしている。お金は出ない」

「……」

「大学院に行ってるんだが、今はちょっと休憩」

アンドレは不思議そうな顔をした。聡太は、自分でもこの状態を何と説明してよいか分からない。意欲満々で大学院へ進んだが、一年もたたないうちに頭が混沌《こんとん》としてきた。日本経済をテーマに研究するつもりだったが、論点が絞り切れずに暗い闇の中に入りこんでしまい、今は休学中である。

両親はふたりとも高校教師で、自宅通学だから、今のところ経済的には困っていない。母の高校時代の担任が双葉で、その縁で、「ボランティアでもやってみたら」と母に言われ、アルバイトの学習塾講師の合間に、炊き出しや巡回活動に加わるようになった。

母は、「ボランティアでも」と軽く言ったが、さまざまな相談があり、人生経験が乏しいので対応が難しい。炊き出しで食事を作ったり渡すとき以外は、双葉にずっと寄りかかっている現状だ。住居と仕事がなくて困っているアンドレから見たら、お坊ちゃんの悩み、贅沢《ぜいたく》と言われそうで、それ以上は口を噤《つぐ》んだ。

「大学院とはすごいね。ぼくは、あまり勉強好きじゃない。それに勉強より働かないといけない」

聡太はまもなく二十四歳になる。自分のやりたいことをそろそろ決めなければいけない。研究テーマがはっきりしなければ、大学院をやめて就職を考えようか。

教育に関心があるから両親と同じように教師を目指そうか。双葉から、支援団体をＮＰＯにしたいから力を貸してくれとも言われたが、目立たない平凡な容姿と同じで、これぞというものを持っていないので、買いかぶりの気がする。早く自分のやりたいこと、テーマを見つけなければと気持ちが焦る。

急に風がざーっと吹き、川に波が立った。

アンドレが隣で財布を出して中をあらためている。

「働かないのに金が出る。使わずにためる」

日用品費のことだ。一日二百三十円出るだけだ。そんな少ない額でも貯金するのか。思わず顔を見ると、うれしそうに、にこっとした。

「同じ部屋の人がいない。ぼくのリュックから服が二枚とタオルが一枚なくなった」

アンドレと別れてから炊き出し会場へ行き、配食を終えた頃、アンドレから湿っぽい声で電話があった。

リュックやボストンバッグに鍵はかからない。服もタオルもアンドレにとっては大事なものだが、使い古していて何の価値もないように思われる。目つきの鋭いあの男が盗んだのだろうか。タバコを渡さなかったからいやがらせなのか。証拠はない。しかし、なくなったのは事実なのだ。しかも、黙って出て行った。多分、間違いないのだろう。

聡太の胸がざわつく。あの男も生活に困って一時保護所に入ったのだ。同じように困っている者がどうしてそんなことをするのか。弱い者同士で助け合わなければと思うが、気が利いたことはとても言えない。口にしたのは、誰でも言えることだった。せっかく、困って誰かに聞いてほしくて電話をしてきたのにと考えると、自分が情けない。

「職員に話したら……」

「よくあることだと言われた。大事なものは持って歩けって……、いちいち担いでいけないのに……」

「……」

「あの男の人は何度も入っては、今度こそちゃんとやります、と言ってるらしい。役所もだまされているんだ」

語気を強めて電話を切った。

役に立てなかったことで、聡太が落ち込んでいるのが、傍から見ても分かったのだろう。片付けをしていた双葉が、とん、と軽く肩をたたいた。

「どうしたね」

「アンドレさんの服とタオルがなくなったんです」

かいつまんで話す。

「それは気の毒だね。心細い所へ持ってきて、そんなことがあってはね」

「ええ」

双葉は、手を忙しく動かしながら続ける。

「以前、同じようにリュックごと盗まれた人がいてね。それからはその人、持っている五枚の服を全部着て、背負っているリュックには拾った新聞をたくさん、入れていた。次にそんな目に遭ったらお返しだと言ってね。そんな気構えもいるのかねぇ」

それくらいでないと生きていけないのか。アンドレを思うと、切なさに胸が締め付られた。

生活保護の利用が決定し、真面目な求職活動が評価されたのか、まだ仕事は見つからないが、アパートを探すように言われた。

外国人に住居を貸す所は少ない。聡太は双葉やアンドレと共に不動産店を何軒も回り、ようやくワンルームマンションが見つかった。

保証人がいないので、保証会社を利用する。家賃滞納のブラックリストに該当していないかを審査され、許可が出た。しかし、不動産店がそれ以外に別の保証人をつけるように言ってきた。外国人だから何かあってはいけないというのがその理由である。差別ではないかと思うが、せっかく、苦労して見つけた物件である。拒否すれば、また、探すのは難しい。

双葉がやむなく保証人になった。双葉は今までにも数人の保証人になっていて、身寄りのない単身者が孤独死したり、失踪したときに部屋のあと片付けなどをしていると言う。

四階建てのワンルームマンションは地下鉄駅から徒歩二十分ほどで、近くにスーパーやコンビニもある。入居後、双葉と聡太は、寄贈のあった古着と缶詰を持って訪れた。冷え込む朝で、風がほこりをたてて舞い上がり、背を丸めて歩く人が多い。

百円均一の店で買ったブルーの真新しいカーテンが部屋を明るく彩っている。台所用品もほとんど百円均一でそろえ、リサイクル店で手に入れた折り畳みベッドもある。ようやく住まいを確保できたのだ。

「ベッドはいい。よく眠れる」

アンドレが顔をほころばせる。

伸ばしていた髭をそったのでさっぱりして、眉が濃く浅黒い彫りの深い顔は精悍《せいかん》な感じを受ける。

工場ではアンドレと同じ日系ブラジル人が多く、言葉に不自由せず日本語はそれほど必要ではなかった。だが、今後も日本で生活するのだから、簡単な漢字や仮名を知っていると便利で、就職にも都合が良い。

双葉が、小学校低学年用の漢字ドリルを買ってきた。

「最初はわたしが教えましょう」

元教師だけあって、双葉は教えるのがうまい。小一時間、読み方から始めて、文字を幾つか書いた。

「その調子、アンドレさんは覚えるのが早い。今日はここまで。自分でも暇を見つけてやると良いですね」

「頑張ります」

アンドレは意気ごんだ。

聡太がハローワークへついて行くと、顔なじみになった職員が、「これはどうでしょうか」と言う。

「希望している製造関係は、この近辺では期間工を除いてほとんど求人がありません。期間工は仕事がなくなれば失業します。時間をかけて探す必要があります。今、清掃会社がゴミ収集の臨時職員を週四日、二カ月間募集しています。体慣らしのためにどうですか」

清掃会社はN市の委託を受けている。

路上に出してある家庭ゴミを小走りで手早く集め、並んで走る収集車に入れる。体力は必要だが日本語は会話程度で十分である。生活保護では、働いて得た収入は金額に応じた基礎控除があるので、全額収入認定されるわけではない。アンドレは働きたいと望んだ。

聡太がマンションから清掃会社まで付き添って地理を覚えさせ、面接にもアンドレと相手の了解を得て同席した。

清掃会社は求人広告を出しても応募がなくて困っていた、と言って、すんなり採用された。二カ月間の期限付き採用である。七時半までに出勤する。八時スタート、一時間休憩があり、午後四時終了である。

その日、無事に仕事が務まったか、心配して、夕方、聡太は電話した。

「仕事はどうでしたか？　疲れましたか？」

「一緒に働いた人が親切で、分からないことはカバーしてくれた。久しぶりに働いたので疲れた」

頑張るように励ますと、明るい声で応じた。

アンドレの清掃会社での仕事は順調だが、希望する常勤の製造業の職はなかなか見つからない。

仕事は週四日なので、残り一日は漢字の勉強をすることにして、双葉がほかの人の支援で忙しいため、聡太が行くことになった。母が、バザーで買ったインスタントコーヒーを、「差し入れよ」と渡してくれたので持参した。

アンドレは仕事のせいで、浅黒い顔が一層日焼けして引き締まった顔をしている。袖から出ている両手も黒くなっている。

仕事から帰宅後、毎日勉強しているというドリルを見せた。角張った大きな字で書いている。

「真面目によくやっていますね」

顔がほころぶ。ほっとしたのか、お湯を沸かしながら、聴いたことのない歌をハミングしている。コーヒーを飲みながら、「おいしい」と声を弾ませたが、母親のその後をたずねると、顔をしかめた。


二〇一九年も残り少なくなってきた。

聡太は、アルバイトをしている学習塾へ急いでいた。野宿している高齢男性と一緒に年金事務所へ行き、年金加入期間を調べてもらったが、勤務していた会社の名前を思い出せず時間がかかった。ゆっくり記憶をたどってから再度出直すことにしたが、授業の始まる時間はまもなくだ。

繁華街を一本入り、人通りが少ない道を歩いていると、向こうから濃緑色のパーカを着ている男性が来るのが目に入った。

アンドレだ。

アンドレが、六十代と思われる大柄な外国人女性と、親しげに語らいながらやってくる。女性はつば広の黒い帽子を被り、茶色のコートを着ている。

今日は清掃の仕事がない日だ。

「アンドレさん」

声をかける。話しているのに夢中だったアンドレは一瞬、はっとして足を止めた。

「珍しいですね、こんな所で会うなんて。どこへ行くんですか？」

「ああ」

驚いたのか、目をきょろきょろさせた。

「どなたですか？」

「あ」

またも、不意を突かれたというように声にならない。なぜ、こんなに驚くのか。何かあるのか、不審な目を向けると、女性が何か言い出した。どうしたのか、とでも言っているようだ。アンドレが女性に早口で言う。その時、はっきり、「マーイ」という言葉が聞き取れた。お母さん、と言っている。女性は連絡がつかないと言っていた母なのか。一体、どういうことか。事情を聞かねば。

「この方はお母さんですか？　連絡がつかないと言っていたのに、いつ帰ってきたのですか？」

アンドレの顔が曇るのがはっきり分かった。言いたくないのだ。何か隠している。母と連絡がつかないというのはうそだったのか。でも、なぜ？　何のために？

また、女性が早口で何か言う。アンドレは首を振った。その間にも、マーイという語句が入る。

「お母さんなのですね」

念を押す。アンドレが顔をゆがめながらうなずいた。母親なのだ。母親はきつい目で聡太を見据えた。

青味がかった瞳はアンドレに似ている。人を寄せつけない用心深そうな顔をしている。

「群馬へ行ったきり連絡がつかないと言ってたけど……、会えたのですね。良かったですね。でも、どうして黙っていたんですか?」

「……ヤミ金の借金があって逃げていた。分かったらいけないと思って……」

「お母さんは今、どこに住んでいるのですか?」

言いたくないのか、質問が分からないのか、それとも分からないふりをしているのか、答えない。母親がアンドレに何か言った。何をしゃべっているのか分からない。ひとしきり母親と話したあと、アンドレがせき込むように言う。

「今から約束があるので時間がない。明日、仕事が終わった頃に家にきてください。そのとき話します」

自分も今から授業がある。ゆっくり話を聞きたいがそんなわけにはいかない。やむを得ない。

「ヤミ金のことは心配ですね。でも弁護士に相談すれば解決できますよ。無料の法律相談もあります。ヤミ金だからといって恐れることはありませんよ」

「……」

聡太の言うことが理解できないのか、アンドレは一刻も早くこの場を立ち去りたいように、そわそわしはじめた。表情も険しい。

「ヤミ金を解決するには詳しく聞く必要があるので、お母さんも一緒にいてくださいね。借用書とか書類があればそれを持ってきてください」

「……」

「保護係の朝川さんに話しましたか？」

「いや」

それだけ言うと、ふたりは背を向けて足早に立ち去った。どういうことか。ヤミ金から逃げているというのは本当なのか。自分はだまされているのか。もしや何かの犯罪に関わっているのではないだろうか。不安な気持ちがじわじわと広がる。在留カードは、自分も双葉も区役所の人たちもちゃんと確認した。

夕方近くなり、気の早い店ではネオンがともり出した。最近見ていた明るい雰囲気のアンドレではなく、見たことのないアンドレだった。

ひょっとしたら、これが本来の顔なのか。

人工の光で明るくなりつつある黄昏《たそがれ》の街を、重い心を抱えながら聡太は歩き出した。

翌夕、帰宅したと思われる頃、聡太は双葉と一緒にアンドレ宅へ行った。チャイムを押したが返事がない。電話をすると切断されている。焦りながら清掃会社へ電話した。面接に行ったとき、応対した社長が出た。

「朝早く来て、辞めるから給料を欲しいと言うんです。月末にしか渡せないというのに、急ぐからと無理やり精算させられました。どうしたんですかね。仕事も急に辞めていい迷惑ですよ」

確信犯という文字が黒々と浮き出てくる。

区役所の朝川に電話する。忙しそうだ。手短に状況を説明する。

「えっ……、そんなこと、全然、聞いていません」

驚いて息をのむ。すぐマンションに向かうと言う。

「いなくなったかもしれませんね」

朝川の乾いた声が電話の最後にぼーんと響いた。

朝川は息をはずませながら自転車で現れた。

再度、チャイムを鳴らし、ドアをノックするが返事はない。不動産店へ電話した。入居のときに担当した若い女性の職員にたずねる。

「開店と同時に現れて、今日、引っ越すと言うので、大急ぎで部屋を確認しました。汚損はなかったです。敷金を役所に返すと言うので渡しましたよ」

何ということか。敷金まで受け取ったとは。あまりのことに朝川もあっけにとられている。ひと呼吸置いてようやく次の言葉を口にした。

「ひとりでしたか?」

「外にワゴン車が止まっていて、男性の運転手と女性が乗っていましたが、顔はよく分からなかったです」

室内を見たいと言うと、職員がバイクですぐやってきた。いつも持ち歩いていたリュックとボストンバッグ、衣類、布団や台所用品、折り畳みベッドもそっくりない。慌てていたのか、ベランダの物干しロープはそのままである。車で荷物を運んだのだ。引き払ったのは明らかだ。

フローリングの床に漢字ドリルがくしゃくしゃになって放置されている。開くと、この前見た個所から進んでいない。懸命にドリルに向かっていたが、本当はやりたくなくて見せかけのポーズだったのか。

「いやぁ、こんなことは初めてです。信頼して支援しているのにこんなことになって申し訳ない。アパートに入ってから家賃を払えなくなっていなくなることはありますが、敷金まで持っていくとは……」

双葉が朝川に向かってわびている。

アンドレは生活保護を利用するようになってから、まだ二カ月ほどだ。熱心に仕事探しをして清掃会社の臨時職員も始めた。何があったのだろう。母と連絡がつかないというのは最初からうそだったのか。それとも、あとで連絡がついたが何らかの事情で話せなかったのか。念願のマンションへ入ることができ、仕事さえ見つかれば何とか暮らしていけるのではないか。母も事情によっては生活保護を利用できたのに。ヤミ金からの借金は自力で解決できるのか。弁護士に相談した方が良かったのでは。

アンドレにたずねたいこと、言いたいことが幾つもある。半年ほどボランティアをしていて、うまくいかなかったり、うそをつかれたことはあるが、こんなにもショックを受けたことはない。助けることができたと思っていたが、自己満足にすぎなかったのか。うぬぼれていたのか。

信頼されていなかった。

その思いは、聡太を打ちのめす。どうすれば良かったのか。何をすれば心が届いたのか。

朝川と別れたあと、考えこむ聡太に、双葉が、「お茶を飲んでいこう」と誘った。

双葉は妻を早くに亡くし、子どももはいない。若い頃、いかに生きるかに悩み、二年間、世界中を放浪した。そのとき、宿泊場所や食事を提供してくれた人々がいて、助けられた。今はそのお返しに、生活に困る人たちを支援している。いつも、「地球はつながっている」と言っている。

モーツァルトの曲が低く流れ、山の写真が多く飾られている柔らかな雰囲気の喫茶店で向かい合った。

「アンドレさんは、今の日本の在り方、企業や政府のやり方に異議を申し立てたんじゃないかと思う。安い賃金で雇って、ちょっと景気が悪くなったりするとすぐクビにする。そんな社会、日本に抗議、反抗したかったのではないかと……」

反抗、抗議、その言葉を反芻《はんすう》する。そんな受け取り方もあるのか。

これが、日本経済の問題点、課題なのだろうか。それを追究し研究することが、自分のやることだろうか。

香りのよいコーヒーが運ばれてきた。「おいしいです」とインスタントコーヒーを飲んだアンドレの声に偽りはなかった、と思いながら口に含んだ。

第七章　父

夜九時、朝川拓也が残業を終えて帰宅し、玄関のドアをあけると同時に固定電話が鳴った。表示された番号は〇六から始まっている。大阪だ。誰も知り合いがいないから、何かの宣伝か、またはオレオレ詐欺かと考えてそのままにしておく。しばらくして留守番電話に切り替わると、中年女性の声がした。

「わたくしは大阪にある西成病院の医療相談室のミドリカワと申します。朝川拓也様のお宅でしょうか。突然のことで驚かれるでしょうが、お父様の佐伯昇さんが一カ月ほど入院しています。病状が大変悪いのでお知らせいたします。連絡をくださるようにお願いします。連絡先は大阪〇六の……」

突然、父の名前が出た。聞きたくもない名前だ。長い間、連絡もなかったのに危篤という。

自動車販売会社の優秀な営業マンだった父が、ギャンブルに凝って借金を作り失踪したのは、拓也が小学校四年生のとき、今から十三年前だ。客に連れられて初めて行った競馬が大当たりして、それから競輪やパチンコなどにのめり込んでいった。仕事もおろそかになり、給料だけでは足りずサラ金にも手を出した。

いつも穏やかで優しい母が、泣きながら父に詰め寄った夜を思い出す。今と同じ秋の暮れだった。

「もう、いい加減にしてっ」

父の赤く濁った目は落ちくぼみ、髪は乱れ、顔に艶《つや》がなかった。それなのに、へらへら笑った。

「拓也の貯金にまで手をつけたでしょ。あんまりだわ」

毎月、積み立てている学資貯金を母の知らないうちに解約したのだ。えっ、と驚く拓也の前で、父は顔を真っ赤にして母を殴った。母がひーっと声をあげてソファの上に倒れた。父はなおも手をあげようとした。

鬼だ。鬼がいる。

「やめてっ」

拓也が骨格のがっしりした父の体にしがみつきながら大声で叫ぶと、ふと、我に返ったかのように頭を大きく振った。そのまま家を飛び出して行った。それ以来、父を見ていない。

時間を見つけては本を読み、休日も顧客回りに忙しかったが、たまに休みがとれると、学生時代、サッカー選手だった得意技を「伝授する」とボールの蹴り方を丁寧に教えてくれた。プールで息つぎが上手にできないときは、呼吸法をやってみせ、うまくできると、「グーだ」ととびっきりの笑顔を見せた。

幼い頃は、あぐらをかいた中に抱えながら絵本を読んでくれ、拓也が、「むずかしい」と言う将棋を、根気よく相手になってくれた。

拓也はひとりっ子だったこともあり、両親の愛情をたっぷりと受けて育った。

小学校入学のとき、「拓也の勉強部屋が必要だ」とローンで三LDKのマンションも買った。父は母を大切にしていた。満ち足りた家庭と思っていた。

その父がなぜ、ギャンブルに奔《はし》ったのか。どうして、母と自分を棄てたのか。いくら考えても分からない。

父が失踪して二カ月後、署名と印を押した離婚届が送られてきた。消印は大阪の西成区になっていた。

離婚届に書かれた父の署名はいつもの四角張った丁寧な字と違って、震えているような殴り書きだった。手紙は入っていなかった。母は泣きながら読んだ。

「ようやくわたしたちのことを思い出したのかしら。これが拓也への最後の愛情なのね。申し訳ないと思ってるのかしら」

西成区には親族も親しい人もいない。どんなつてを頼ってそこへ行ったのだろう。

拓也は、令和へ改元する直前の、今年四月にN市役所に就職した。N市役所は、生活保護のケースワーカーを専門職採用していない。大学で法律を学び、福祉のことを知らないのに、思いもよらない生活保護の仕事をすることになった。西成区に多くの日雇い労働者やホームレスが、ドヤと呼ばれる簡易宿泊所に住んだり野宿していて、かつて、賃金ピンハネや、警察官が暴力団から賄賂を得たことをきっかけに、労働者と警官の衝突事件が起きたことのある地と初めて知った。

西成病院と名乗ったから、父はずっと大阪に住んでいたのか。父はそこでどんな暮らしをしていたのか。

父が失踪して残ったのは、借金と恨み、怒りだった。会社の金を三百万円使い込んでいたことも分かった。当時、健在だった母の両親が、「拓也が犯罪者の子になってはかわいそう」と肩代わりして払ってくれた。

離婚して母は旧姓に戻り、拓也も父と縁を切りたくて、母と同じ名字になった。マンションのローンは払えず、賃貸住宅に移ることになった。友達と別れるのがつらくて転校せず、同じ校区内で、今も住んでいる二ＤＫのマンションに引っ越した。

しかし、クラスで、「父親失踪」、「ギャンブル狂」などと大声ではやしたてられるようになった。当時は小柄だったので、背中を蹴られたこともある。こんなことなら転校すれば良かったと思ったが、母を悲しませるわけにいかない。耐えるしかない。

こいつらを勉強で見返してやろう。

拓也にできることはそれだけだった。塾へ通う費用がなかったので予習復習を徹底的にやり、図書館で参考書を読んで勉強した。成績が学年上位になると、表立ってのいじめはなくなったが、仲間に決して入れようとしなかった。今も思い出したくないことだ。

母は、拓也が小学校に入学後から勤めていたスーパーのほかに、週三回、近くの単身寮食堂で、早朝五時から八時まで食事作りや片付けをした。周囲にあれこれ言われるのがいやで、生活保護を利用したくなかったに違いない。

母は自身の洋服をほとんど買わず、いつもジーンズとトレーナー姿で、拓也のものはリサイクル店やバザーを利用するようになった。伸び盛りの拓也は足もすぐ大きくなったが、新しい靴を買ってほしいと言い出せず、かかとを踏んでいて、教師に、「その履き方はなんだっ」と怒鳴られたこともある。

肉の代わりに豆腐や豆で作ったハンバーグや、カレーライスの中身がツナと野菜ということもあった。

高校、大学の費用は奨学金とコンビニなどのバイトで賄った。両方とも公立だったので、幸いした。金がなく、綱渡りのような危なっかしい日々だった。

それもこれもみな、父のせいだ。妻子よりギャンブルを選んだ父。

夫のギャンブルで懲りた母は、拓也に営業とはほど遠い仕事に就くことを望み、拓也も、企業は会社の利益を追求するが、自治体は住民の利益優先が第一であるからやりがいがあると考え、公務員になった。

仕事で親族に扶養の照会をすると、連絡をしてくるな、とか、死亡を伝えても勝手にやってくれ、と言う人がいる。肉親なのに何を言うのかと疑問や怒りが湧いたが、西成病院から電話を受けて、その気持ちがよく分かる。

どうしてここが分かったのか。なぜ連絡してくるのだ。危篤がなんだというのだ。

電話を前にあれこれ考えていると、町内の女性数人と週一回、一時間ほどウォーキングをしている母が帰って来た。

「ああ、歩くとなんだか体がしゃきっとするわ」

ほどよい運動の効果か、顔がつやつやしている。

「どうしたの？　顔が変よ。何かあったの？」

「うん……」

「何？」

「父さんが危篤と留守電に入っている」

「えっ、危篤？　どうしたの？　どこにいるの？」

「大阪にある西成病院と言っている」

「……西成、離婚届を送ってきたとき、消印が大阪の西成だったわね。でも、引っ越したのによくここが分かったわね」

あの頃の修羅場を思い出したのか、母の顔が曇る。

変なことに巻き込まれてはいけない、とスマホで検索した。西成病院は大阪市西成区にあり、電話番号もかかってきたものと同じだ。病床が百床で四階建ての写真も出ている。

思い出したくも関わりたくもない人だ。放っておきたいが、渋々、電話をする。ミドリカワはすぐ出た。落ち着いた受け答えをするハスキーな声の持ち主で、「カラーの緑と三本川です」と分かりやすく名乗った。

「長い間、行方も分からず連絡もなかったのです。本当にわたしの父でしょうか？」

「ええ、間違いないと思います。離婚の記載がある戸籍謄本を取り寄せて持っています」

「え？」

「離婚したことを確認するためにとったそうで、あなた方が名字を変更したこともご存じです。あなたがきっと転校したくないだろうから近くに住んでいる。電話も同じ区内ならば変更していないはずとおっしゃって、番号を教えてくださいました。電話番号を忘れてはいけないとメモしたものをずっと持っていたそうです」

「はあ」

転校したくないと言い張ったのは自分だ。転居した所は同じ区内だったから、電話番号を変更する必要はなかった。それが裏目に出てしまった。

「あなたが小学校に入学したとき、一緒に写った写真をお持ちです」

「写真を？　小学校入学のもの？」

「ええ、学校の門前で、あなたがお父様と手をつないでいる写真です」

入学式の写真。なぜ、そんなものを持っているのだ。

「病気は何でしょうか？　本人が会いたいと言っているのですか？」

緑川は一瞬、口をつぐんだが、はっきり答えた。

「悪性の大腸がんです。お金がなくて受診しなかったのです。救急車で運ばれてきたのですが、ほかにも転移しています。もう長くない、と主治医から言われ、親族に連絡するように言われました」

「長くない？」

「ええ、それで、肉親にお会いするように、わたしどもがお勧めしました。最初はためらっていましたが、気持ちが抑えられなくなったのか、望んでおいでです」

拓也の胸のうちで、なぜ余計なことをするのか、そんなことをするから会いたいと言うのだ、と波打つものがある。

「今さら、何を言っているのか、父、あまり、父と言いたくないですが、したことをご存じでしょうか。どんなに迷惑したか……」

話しているうちに、鬼となった父の姿がまざまざと浮かんできた。借金返済に苦労し、最終的に弁護士に相談して解決したのだ。

拓也の言い方がきつかったのか、緑川がしばし、口ごもる。

「父は結婚しているのですか？　誰かと暮らしているのでしょうか？」

「いえ、おひとりです」

緑川は静かに続ける。

「生活はどうしているのですか？　医療費の支払いでこちらに連絡してきたのですか？」

生活保護を利用しているなら、役所から拓也に扶養照会があるはずだが、何も連絡がない。

「以前は土木仕事や交通警備をしていたそうです。今は収入がないので、生活保護を勧めました。一度、保護係から病院に出張面接に来てもらったんですが、扶養照会の説明を受けたら、息子に迷惑がかかるから生活保護はいい、医療を拒否する、退院すると言われました」

生活保護を申請すると、虐待されたとか、明らかに扶養が期待できないときを除いて、本人の同意を得て親族に扶養できるか照会する。金銭だけでなく精神的な支援もあるからだ。拓也の受け持ちのケースで、照会後、交流が復活して、実家に帰って行った例もある。

父はそのとき、拓也のことを思い、拒否したのだ。

土木や交通警備の仕事をしていたのか。父は国立大学の経済学部を出ていた。やる気さえあれば、ちゃんとした所に就職できたのではないか。意欲を失ったのか、再就職は厳しかったのか。それとも、いったんは就職したが何らかの事情で辞めたのか。ギャンブルを止められず、仕事に支障をきたしたのか。疑問が次々に湧き起こる。

「わたしどもの病院は無料低額診療をしています。生活保護を利用したくない意志が強いので、やむなく無料低額で行っています。でも、最長三カ月間しかできませんので、その後は生活保護を利用するように説得しなくてはなりませんが……」

無料低額診療事業は医療が必要であるのに生活が困窮していて医療費支払いが困難な人に、無料又は低額な料金で診療を行う。当事者が医療機関へ申請して、自己負担額の全部、又は一部が免除される。公的制度の活用を含めて生活が改善するまでの一時的な措置で、N市内でも行っている病院がある。実施している病院には、条件により、固定資産税が非課税になるなどの税制上の優遇措置がある。

「お世話になっていて申し訳ないのですが、父のせいで苦労して、ようやく落ち着いた生活ができるようになったのです。もう、乱してほしくないのですが」

「ああ、ご本人はそう言われると、おっしゃいました。でももう長くはないのです。一度、お顔を見せてあげたらきっと喜ぶと思います。来てくださることをお待ちしています」

緑川は静かに電話を切った。

やり取りを聞いていた母の大きな目に、悲しそうな色が浮かんだが、黙っている。母とはもう他人なのだ。自分としか父はつながっていない。父に会うかどうかは自身で決めなければならない。

希望通り公務員になり、なんとか暮らしが送れるようになったというのに、一時は鬼となった父が、今頃、会いたいとは。虫が良すぎるではないか。

土木仕事と言っていたから、飯場などで働いていたのか。ホームレスに近い生活をしていたのか。生活保護の仕事で担当する人たちと境遇が重なる。はい上がろうとしてもはい上がれない人たちだ。扶養照会で、迷惑がかかるからと生活保護申請をしなかったことを聞くと、担当した人たちからも同じことを言われたことを思い出す。生活保護を利用するまでには、多かれ少なかれ葛藤がある。国民の権利と思っていたが、現実は厳しく簡単にはいかない。

写真を持っていたことに驚く。入学式で撮った写真を手帳に挟み、「営業がうまくいかないときは、これを見て頑張ろうと奮い立たせるんだ」と言っていたことがある。大げさだと思ったが、あの写真なのか。それを捨てずに、ずっと懐に入れていたのか。

行きたくない。行かねば。両方の考えが行きつ戻りつして乱れる。

考えがまとまらないまま、アルバムを引っ張り出して小学校入学式のものを見る。黒のブレザー服を着た自分が母と手をつなぎ、にっこりしている。もう一枚、父と一緒に写したものがあったが泣きながら破って捨てた。そのとき、父の写真はすべて破った。

入学式の夜は繁華街のレストランに行った。

三人とも入学式と同じ服装だった。父は上等な背広、スーツ姿の母は真珠のネックレスとイヤリングをつけていた。母は色白で大きな目、苦労したせいかほっそりとした今と違ってふっくらしていた。昼間見た時の清楚《せいそ》な美しさが夜の明りの中で艶やかさが加わり、子ども心に、きれい、と思った。垂れ目で子どもっぽく見える拓也は、母に似たらイケメンと言われたかも、と思ったこともある。父は会社で昇進して上機嫌だった。

両親はステーキ、拓也は大好きなハンバーグを注文した。日頃は酒をたしなまない母もその時はワインを少しだけ口にして、「やっぱり駄目」と困った顔をした。残りは父が、「残り物には福がある、いただきぃ」と頭を下げ、おどけながら飲んだ。

懐かしい思い出が次から次と浮かんでくる。涙がひと筋流れてきた。泣くまいと思うのにまた出てくる。その向こうに、痩せた男が手をさし伸べながら、拓也、と呼んでいる。ぼんやり現れては消え、また現れる。許すわけではない。しかし、行かねばあとで悔やむのではないか。父の像がはっきり姿を結んだ時、拓也は決心した。ともかくも大阪へ行ってみよう。

母は何も言わないが、拓也と同じく二度と会いたくない気持ちと、心配な思いがせめぎあっているのではないだろうか。

母は今年、五十歳になる。五歳年上の父と同じ会社で働いていたが、結婚後、退職した。拓也が小学生になったとき、スーパーで働きだした。

拓也が自宅から通えるN市役所に就職でき、何とか安定した生活を送れるようになったことで、気持ちの上でもゆとりができたのか、笑顔が増えてきた。

翌日は土曜日だった。拓也は母に、「大阪へ行ってくる」とだけ言って、家を出た。

大阪を訪れるのは初めてである。

新大阪駅まで新幹線。そこから大阪駅へ行き、新今宮駅を目指した。駅に近づくと、線路沿いに立つ二階建てのアパートに、〈生活保護歓迎〉と書かれた看板が掲げられているのが目に入る。

十一時過ぎに新今宮駅に着いた。

ホームから、すっくと伸びた通天閣が見える。大阪のシンボルと言われる。父も見ていたのだろうか。

父は捨てたはずの自分に会いたいのか。図々しいではないか。考えると足が進まない。ホームを行ったり来たりしていると、ジャンパーの両袖をたくし上げ、入れ墨を見せつけながら歩いて来た中年の男性とぶつかりそうになった。慌てて階段を下りた。西成病院はスマホで検索していたが、反対側のあいりん総合センターの方へ足が向いた。鉄原耕作面接員が、「大阪に行く機会があれば見学すると良い」と言っていた所だ。

総合センターは耐震化を理由に解体予定で、大阪社会医療センターは残っているが、その中にあった西成労働福祉センターとあいりん労働公共職業安定所はすぐ近くに仮移転していた。センター付近の路上に座り込んで話していたり、段ボールを敷き、大きな黒い傘を広げて顔を見せないようにして寝ている人もいる。ブルーシートに覆われた荷物もある。父もこうした生活をしていたのだろうか。

ぼんやり見ていると、炊き出しが始まった。おおぜいの人が受け取っている。おかゆだ。

N市でも炊き出しは、毎日、場所と主催者を替えておこなわれているが、カレーライスとか丼物が多く、おかゆだけということはない。集まった人たちの話を聞いていると、ここでは、十一時と十七時の二回あるようだ。流し込むように食べている人もいる。

炊き出しを背に歩き出すと、道端で中古の服や靴、タオル、演歌のテープなどを雑多に並べていたり、作業服、安全靴を売っている店もある。三十円、五十円という値段もあり、人々が値切りながら買っている。弁当や焼きそば、たこ焼きを売る店はどれも安い。

苦み走った高齢の男性が、車イスに座りながら竜が彫られた左手をあらわにしている。うしろを押している人の両腕にも幾何学模様が踊っている。急に強い風が吹いてきて、車イスの男性が顔をしかめた。

窓に金網が張られ、どっしりと建っている西成警察署のすぐ隣にあるのが四角公園だ。すぐ近くに三角公園もある。

この公園も、面接員の鉄原が、「炊き出しがあり、ホームレスの実情を知るための参考になる」と言っていた所だ。鉄原は生活保護の学習会でこの地を訪れたことがあり、西成地域の歴史や状況をよく話してくれた。

四角公園にはすでに多くの人が並んで、正午からの炊き出しを待っている。高齢者が多く、中には女性も何人かいる。ホームレスだけでなく、アパート入居者で生活が苦しい人たちもいるそうだ。ここの炊き出しは、おにぎり一個で、女性たちが配り始めた。

道路を隔てて西成市民館があり、図書室と健康イベントの宣伝が掲示されている。以前は日雇い労働者が多かったが、最近は住民が高齢化している。

酒類の自販機が多いことに目を見張り、お茶やジュース類の自販機がどれも五十円であることに驚く。歯が一本もない坊主頭の男性に声をかけられた。手にカップ酒を持っている。

「あんちゃんも買うんかい？」

「いえ、水筒持っていますから」

水筒が入っている背にしたリュックを揺らす。節約のために、水筒はいつも持参している。

「用意がええなあ」

「この自販機、安いですね」

「作っとる時に、少々潰れたりへこんだ物や。なかみは変わらへんで」

けっけっと笑いながら、まつわりついてくる。土木関係の仕事を長くしていたのか、日焼けして黒くなった顔に人懐っこさを漂わせている。

「見かけん顔だなぁ、どこ、行くんか。遊びに来たんならええとこ紹介するで。安いとこあるで」

また、けっけっと笑い、ついでに酒をあおる。

「西成病院へ行くんです」

「初めてやろ？　場所、教えたろか。こっちや」

スマホで検索済みだが、男性の好意を無にしては、とついて行く。

「通天閣見たんか？」

「はい、新今宮駅のホームから」

「ホームから見るだけではあかん。すぐそこや。いっぺん、行ってみい。あれを見んで大阪へ来たと言われへんで。ビリケンさんにご挨拶してな」

話しているうちに西成病院へ着いた。四階建ての明るいクリーム色の病院だ。

「誰ぞ身内がいるんか？」

「はぁ……」

大きく口をあけて酒を流し込む。

「わいもここで腹を手術したことあるで。ここ、親切や。お医者さんも看護師さんもええ人ばっかりや。ええとこ入ったなあ」

拓也が返事をする間もなく、肩をぽん、とたたいた。

「ほな、さいなら」

けたけた笑いながら去って行った。男がいなくなると、灰色の雲に覆われた寒々とした空と同じ心持ちになる。

心を決めなければ。

腹に力を込めて、土曜日午後も診察と書いてある玄関を入る。

広々とした待合室の壁に、色とりどりの紙で折られた千羽鶴が飾られ、よく見ると広告や包装紙を再利用している。待合室の一角に机が置かれ、阪神タイガースの野球帽を被った父子と思われるふたりが、机の上に置かれた紙を使って何か折っている。「パパ、今度は飛行機折って」

五歳くらいの少年が父親にせがんでいる。それを見ているうちに、父と紙飛行機を折ったことを思い出した。小学校へ入る前だったか。母が出かけて父とふたりだった。風邪が治ったばかりで、外へ行くことを止められていた。エネルギーをもてあまして外へ行きたいとぐずる拓也に、「いい物を作ろう」と、広告のチラシで飛行機を作った。目を輝かせた拓也に、今度は飛ばしてみせた。拓也も飛ばすのだがうまくいかない。父が手を添えるとリビングからキッチンまで、高度を上げてぐうんと飛ぶ。

「魔法みたい」

「そうだよ。実は、父さんは魔法使いなんだ」

「えっ」

「でも、みんなに秘密だよ。分かると魔法が解ける。拓也は魔法使いの子どもだから、練習すればできるよ」

父は飛行機に角度をつけて飛ばしやすいようにして、持ち方も教えてくれた。あの時の父の手触りが甦《よみがえ》る。

「飛んだ、すごい」

突然、幼い少年のはしゃぐ声がした。かつて、拓也も同じことを叫んだ。目が少年と父親にくぎ付けになる。

父親の注意する声が響く。

「病院だから飛ばしちゃ駄目だよ」

「サトウさん、一番診察室へお入りください」

アナウンスが流れた。父子が立ち上がり、紙飛行機を持ちながら診察室へ入っていく。

魔法使いだった父は鬼でもあった。ギャンブルを戒めた母を殴ったのだ。あの恐ろしい顔は忘れることができない。その父がこの病院にいる。自分が来るのを今か、今かと待っている。しかし、足は動かない。胸がどきどきする。めまいがしそうだ。

「ご気分でも悪いですか？」

左胸に「案内」のプレートをつけた中年の女性が、心配そうに声をかけてきた。

「大丈夫です」

振り切るように外へ出た。

玄関の低く刈られた樹の近くで、水筒に直接、口を当てた。お茶がのどを伝って胃へ降りていくのが分かる。ほっとひと息つく。

やっぱり会いたくない。とても会う気になれない。

どんより曇った空から、ぽつぽつ雨が降って来た。拓也はどこへともなく歩き出した。聞きなれない関西弁がいきかい、声をからしながら呼び込む飲食店が続いている繁華街を、やみくもに歩き回った。

〈○・五円パチンコ〉と書かれた店があり、人が吸い込まれるたびに、大音響の音楽が流れ出る。ギャンブルに狂う人がここにもいるのかもしれない。

通天閣付近は外国人旅行客も多い。透明のビニールを風よけのドア代わりにした居酒屋や、串カツ店が何軒も並ぶ中を、重いキャリーバッグを引っぱって行く。

通天閣の真下に大きな将棋盤をかたどり、坂田三吉を顕彰する〈王将〉と書かれた碑が建ち、その横に、関根金次郎と対局した棋譜があった。父が将棋を教えてくれたとき、「天才」と言っていた人だ。

歩き回り足が疲れた。喫茶店があった。食欲がない。コーヒーだけ頼んだ。どれだけそこにいたのだろう。うとうとしていたのか、何か耳元で言われたような気がした。

「お客さん、もう閉店です」

目を開けると、頭の頂上にお団子をつけたような髪型の女性が、お盆を手にきつい目をして立っていた。

「ああ」

時計に目をやると、もう八時近い。コーヒー一杯でこんな時間までいたのか。不機嫌なのも無理がない。慌てて席を立った。

居酒屋に入った。かなりの人で混んでいる。カウンターの一番奥にある席に座った。拓也は酒を呑まない。職場の宴会で、乾杯のビールをたしなむ程度だ。それなのに日本酒を頼み、ほかの人たちと同じようにコップで呑んだ。目をつむると鬼となった父の顔が浮かぶ。拓也、と言いながら追いかけてくる。父のことを忘れたい。逃れようと酒をさらに、ぐっとあおった。

「あんさん、何があったか知らんがそんなむちゃ呑みしなさんな。酒は味わって呑むもんだで」

頭にタオルを巻いた年配の男性が声をかけてきて、隣に座った。顔も手も黒く、目じりに深いしわがある。

「もうやめときぃ」

男は拓也からコップを取り上げた。そのあと、何か話していたが、ふんふん、と聞いているうちに、睡魔が襲ってきた。

「困ったもんや。泥酔して外で寝ると金盗られるでぇ。うちの息子と同じくらいの年やなぁ」

近くのビジネスホテルへ連れて来てくれたことは覚えている。呑み代を払おうとしたら、「おれがおごったる。これからはうまい酒を呑むんやで」と言われた。

スマホの着信音がして目が覚めた。母からだ。時計を見ると午前七時を回っている。頭が痛く胃がむかむかする。ベッドに服も脱がずそのまま寝ていた。

「拓也、どこにいるの?」

「うん?」

「大阪?」

「うん」

「何度も電話したのよ。西成病院の緑川さんから電話があって、昇さんが昨夜九時頃、亡くなったのよ……、拓也の電話番号を教えたわよ」

「亡くなった……」

九時頃といえば、演歌が音高く流れ、甲高い声がひっきりなしに交差する居酒屋で呑んでいた時間だ。着信音に全然気づかなかった。

アルコール依存症の人たちに、「酒を呑まないように」と偉そうに言っているが、自分も同じだ。父は自分が行くのを待っていたのだろうか。待ちきれずに逝ってしまったのか。ぼんやりとする頭で考える。すぐ近くにいながら死に目に会えなかった。いや、自身の意思で会わなかったのだ。

「これからそちらに行くわ」

母はつぶやくように言うと、電話を切った。

カーテンを開けると小雨がしとしとと降っている。

寒そうな朝だ。舗道に木の葉が舞い降りてきた。ビルの並ぶ向こうに通天閣の頂きがほんの少しだけ見える。近くまで行ったが上に上ることはしなかった。上れば、大阪にいた父を認めてしまうような気がした。

あんなに嫌いだった父。しかし、今はもう二度と話すこともできない。はたしてそれで良かったのだろうか。〈人でなし〉、〈冷酷〉という文字が何度も消えては現れ、気分がふさぐ。

いつまでもこうしてはおられない。緑川はまもなく電話をしてくるだろう。いや応なく病院へ行かざるをえない。家族と連絡がつかないと困るのは、仕事柄よく分かる。迷惑をかけられない。

シャワーを浴びて髭をそる。冷たい水を飲むと胃がすっきりしてきた。ぐうんと背筋を伸ばしたあと、病院に電話をした。緑川にすぐ代わった。

「大変、お世話をかけて申し訳ありません」

「ご愁傷様です。心からお悔やみを申し上げます」

緑川は連絡が遅くなった拓也を非難するような言葉を口にすることもなく、心からいたわる気配だ。遺体は病院の霊安室に安置されているという。

すぐ、病院に向かった。

肩幅ががっしりしていた父の体は痩《や》せ細って小さく見える。困るくらいに多かった髪は白いものが多くなり、屋外で働いていたからか顔は赤黒くなっている。とても五十五歳と思えない。ダンディーな感じがしたのにどこにもその片鱗がない。これがあんなに自分たちを困らせて姿を消した人なのか。

母がカスミ草の小さな花束を持ってやって来た。

「花の名前を何も知らない人だったけれど、この花を生けた時、『いいな』って言ったことがあったの。教えたら、生けるたびに『カスミ草だな』って言ってたから、昇さんにふさわしいと思って……」

病院内に小部屋があり、母とふたりで通夜をした。

無料低額診療所の利用者は事情のある人が多く、亡くなったとき、ほとんどの遺族は火葬場への直送を希望する。そのために無料で使用させてくれる。

隣では、九州の小倉から来たという高齢の女性がひとり、棺の前でうな垂れていた。四十代の息子が亡くなったという。

「あまりに泣いたのでもう涙は出ません」

目をしょぼしょぼさせながら言うと、口を閉じた。

翌日、拓也と母のふたりで葬儀をした。職場には、「急用ができたので休む」とだけ電話した。

父は信仰を持たなかったから無宗教にした。父の両親と年の離れた兄はすでに亡くなっている。

父はこんな死を迎えると思っていただろうか。ギャンブルにどっぷり浸からなければ、母と仲良く、拓也の成長や家族団欒《だんらん》を楽しみにして過ごしていたのではないだろうか。成人した拓也を相手にビールを呑んだり、他愛もない話に興じていたのではないだろうか。

緑川は出棺前に顔を出して手を合わせた。

入院した日に、病院が国民健康保険に加入の手続きをとっているが、医療費を払わないと病院が負担することになる。こんなに世話になってそのままにしておけない。拓也が支払うと言うと、緑川は驚いた顔を見せたが、請求書は自宅へ送付すると答えた。

出棺の時、棺にカスミ草を入れた。白い花が顔のあたりに奇妙な明るさをもたらす。父の手を握った。指の腹がカチカチになっている。重労働のせいなのか。

火葬場では母とふたりで骨を拾った。母はあんなに苦労したのに、ぐっ、ぐっとむせび泣いている。泣くものかと思ったが、拓也も、目の奥がじいんとして涙がにじんでくる。

まだ温かい骨つぼを抱くと、父の体温が伝わってくるようだ。父が幼い自分を抱いたとき、濃い髭が頬に触れてくすぐったく、熱かったことを思い出した。

父が住んでいた栄荘には拓也ひとりで出かけた。緑川が電話を入れておいてくれた。通りに古本店があった。水着姿の女性が表紙の雑誌と一緒に、時代小説やミステリー、小説やマンガ本が並べられ、高齢の男性が立ち読みをしている。百円の値段がついた文庫本が見える。栄荘はその先にあった。

玄関のガラス戸に、家賃、二畳二万一千円、三畳二万四千円、保証人及び敷金不要、テレビ、布団あり、ガス使用可、自炊可、と張り紙がしてある。

「こんな立派な息子さんがいやはったんだ、身内はまったくないと言っとったけど。いや、みんなそう言わはるけどな」

頭がつるつるに光った高齢の家主は耳が遠いのか、大声を出す。

北向きの日が差さない二階建て木造アパートはドヤを改装したもので、板張りの廊下は古材を使用したのか、荒い目があったり、ところどころ穴があいている。

トイレ、流し台が共同で浴室はない。ガス台が三個あり、百円入れると点火、と表示されている。すえた臭いが漂う。

一階の父が住んだ部屋は三畳間で、古ぼけたテレビと布団、鍋などの炊事道具と段ボールがあるのみで、エアコンも押し入れもない。六十ワットの電球がひとつ。窓の外はすぐ道路で、行きかう人の声が響く。こんな部屋で毎日、寝起きしていたのか。夏は窓を開けて寝たのだろうか。拓也が担当している第二種無料低額宿泊所のなごみハウスも、手元に残る金が少なく、ひどい所と思うが、住環境はまだ良い。息苦しくなる。

「ひとりで住んでたと聞きましたが」

「ああ、ずっとひとりだな」

「ギャンブルをしてましたか?」

「しとらんよ。金もないしな。ひと頃は飯場《はんば》にいたそうだが、腰や肩を痛めてクビになった言うてな。ここへ来てからは時々、イベントや交通警備のガードマンをしてた。炊き出しによう行っとった。もっと早く医者に行っとったら助かったんじゃないか」

「家賃は払っていましたか？」

「家賃は二万四千円、今月分まで払ってある。警備に行くと日給七千円になるからな。生保頼めと言うたけど、それぱっかりは、と、こないして、手ぇ振ってな」

家主は小さく手を振って見せた。

「どないもできんようになりゃぁ、ここ出てどこぞで野垂れ死にするから迷惑はかけません、言うてな」

荷物を調べる。段ボールの中に、ほころびのあるセーターとズボンがある。あとは鍋、茶碗のたぐいだ。

残された荷物を前に家主が聞く。

「この荷物持って帰らはるか？」

「えっ、どういうことですか？」

「これ売れるで。センターあたりの店に持ってきゃ、買うてくれる。もっとも安ぅく買いたたかれるけどな。それともわしにくれんか」

家主は顎の張った顔でにやにやした。

「いいですよ、どうぞ」

「おおきに」

気が変わらぬうちにと思ったのか、急いで段ボールに鍋などを詰め込む。

父が病院へ行く時に身に着けていた服と靴は棺に入れたから、遺した物は手に握りしめていたセロテープで裏打ちした一枚の写真だけだ。金はなかった。

「ごめんなさいよ」

トントン、ノックする音がして引き戸があいた。

白髪頭の小柄な、青い作業着を着た年配の男性だ。

家主は段ボールを抱え、さっと部屋を出て行った。

「岡山の仕事が終わって、今、帰ってきたんで」

男性は隣室に住んでいる杉田と名乗った。この一週間、岡山で解体工事に携わっていて、緑川に、何かあれば連絡をくれるように頼み、死亡の電話をもらったが、仕事が終わらず帰ってこられなかった、と言う。

「よう世話になった、ええ人だった」

杉田は目を潤ませると、ポケットからくしゃくしゃになった茶色の封筒を取り出した。

「これ、おれの気持ち。ほんのちょっとだが……」

ボールペンで千円、と書いてある。この金を稼ぐために、どんなにつらい思いをしただろう。一週間、寝泊まりしたからその費用も必要だ。雇用主が寮を用意すると、布団代や食費をとられる。中には法外な経費を要求して手元に幾らも残らない所もあると聞いている。

「ありがとうございます。お気持ちだけいただきますので、収めてください」

やり取りの末、杉田は涙を拭うと、封筒をしまった。

「酒呑んだとき、いっぺんだけだがあんたのことを話した。ばかなことをして迷惑かけた。申し訳ない、どんな息子に育っているか、会いたい、と泣いてなぁ……こっちへ来てからは、ギャンブルをやめてた……」

　父は杉田に自身のことを語っていたのだ。

「しかし、もう、元には戻れない、ギャンブルをやめても、家には帰れない、罰が当たったとな」

「……」

「これを預かっている。あんたが来んかったら、緑川さんに住所を教えてもらって、送ってくれと言ってな」

　杉田はカバンからよれよれのタオルを取り出すと、爪の間に土がこびりついている指で包んでいたものを開いた。中からゆうちょ銀行の通帳が出てきた。佐伯昇と父の名前が書かれ、古びた広告紙で包んだ印鑑とキャッシュカードもある。

「これは？」

「あんたのための通帳だ。中を見たら」

「えっ」

「カードの暗証番号はあんたの誕生日だそうだ」

　通帳を開くと、二〇一二年から始まり、間隔をあけて千円が入金されている。最後が今年の二〇一九年八月、三カ月前だ。一度も引き出していない。

　積み立てた金額は六万二千円。

「あんたに何もしてやれんかった、少なくて悪いが罪ほろぼし、と言っていた」

一昨日、センター近くで見た食料品店で、とんぺい焼きとおかずの盛り合わせがそれぞれ二百十円、味ご飯は二百円だった。千円あれば三食は食べられる。その日暮らしの父にとって、千円を貯金するのは大きな負担だったに違いない。

交通警備の仕事が終われば足が疲れ、一刻も早く風呂に入り、横になりたかっただろう。監督や親方から無造作に渡された金を持って郵便局へ急ぎ、ATMに、しわくちゃになった千円札を入れる父の姿が浮かぶ。この金を使えばもっと早く受診でき、手遅れにならずにすんだというのに、なぜしなかったのか。

胸が締めつけられるように苦しい。もの悲しさとやりきれない思いが体じゅうを駆け巡る。

父は自分のことを忘れていなかった。

突然、涙がこぼれた。ひっきりなしに流れてくる。とめようとしてもとまらない。恨んでいた心がじわじわと溶け、温かな大きな手に包まれるようだ。

「おれは難しい漢字がまるっきり読めんもんで、仕事に契約書が必要なときは佐伯さんに教えてもらった。おかげでだまされずにすんだこともある」

杉田の低い声は続く。

「仕事にあぶれた日は、本を市民館で借りたり古本店で買ってた……、読むと、また、売ってな、フジサワなんとか、という人の時代物がいいと言ってたな」

市民館は四角公園の近くに、古本店は来る道にあった。読書好きだった父が、今も本を読んでいたことに、心がやわらぐ。

「おれはひとりだから、家族持ちのことは分からんが、あんたも苦労したと思うけど、佐伯さんはこんなえらい目をしたんだ、もう、十分償ったと思うで」

杉田は落ち窪《くぼ》んだ目をいっぱいに広げながら、父を庇《かば》うように言った。その目に涙がぽつっと光っている。

杉田と家主に礼を言って外へ出ると、薄暗い室内にいたせいか、まもなく暮れようとする光がまぶしく感じられる。杉田の「十分償った」という言葉が、背中をひりひりと焼く。

道路にじかに座った五人の男が、手元にタバコを三本ずつ置き、トランプに興じている。「おぅ」と声があがって、ひとりがタバコをかき集めた。

かつて、父もその中のひとりだったかもしれない。

父がギャンブルにのめり込んでいたとき、母や周囲に依存症に対する確かな知識があり、医療機関につないだりして救いの手が差し伸べられていたら、こんな人生を送らずにすんだかもしれない。アルコール依存症に対しては、精神科への通院や断酒会に通うなどの方策があるが、ギャンブルに対してはまだ遅れている。

二〇一八年七月に、カジノを含む特定複合観光施設区域整備法が成立した。カジノができればギャンブルに狂う人が出てくる。父だけではなく、拓也が仕事で担当した人の中にも、ギャンブルで借金を作って自己破産したり、家庭を破壊した人もいる。その弊害をなぜ考えないのか。腹立たしくなる。

生活保護のケースワーカーとしてアルコール依存症の人たちに関わり、何度も挫折して簡単には脱出できないことを知った。

現在の自分が、ギャンブルに凝っているときの父に対応したら、どうするだろう。ゆっくりと焦らず気長に向かいあったのではないか。そんなことを考えると、客観的に父を見ようとする自分がいることに気づく。

母とはJR新今宮駅ホームで待ち合わせた。

遺骨を風呂敷に包み、ホームの隅に立っている母の顔にやつれが目立つ。長く行方の分からなかった前夫と死という形で再会し、いろいろ思うことがあるだろう。風がひゅうひゅうと鳴り、母の前髪を揺らした。

「ここから通天閣が見えるよ」

うつむいていた母が顔をあげた。

「あら」

通天閣が暮れゆく空に向かって一直線に伸びている。

「昇さんもきっと見てたのね、わたしたちの……」

そのとき、電車が音高く走り込み、母が続いて何を言ったのか、かき消されて聞こえない。

電車内では離れた席しかなかった。母は眉を寄せ、ぎゅっと目をつむっている。

拓也は膝の上に母から受け取った父の遺骨を置き、ポケットから黒ずんだ写真を取り出した。父がベッドでも握りしめ離さなかったせいか、しわが寄っている。

そこには、父と手をしっかりつなぎ、にっこり笑う自身が写っていた。

第八章　スバル

広井美幸が家庭訪問すると、翼は不在だった。

十六歳の伊賀翼は、心を病む母と生活保護を利用しながら、小さなアパートの二階で暮らしている。

中学に入学直後から不登校になり、高校進学も就職もせず自宅にいる。高校に行っていたら一年生だ。母の理沙は翼に対してほとんど関心がなく、翼が家にいることに対して、何も言わない。

この家はいつもドアに鍵をかけていない。ノックしてから、「広井です」と名乗ってのぞきこむ。

理沙は玄関から入ってすぐの六畳で、つけっぱなしのテレビを前にこたつに入ってうつらうつらしている。布団が敷きっぱなしで、衣類が脱いだままの形で置いてある。こたつの上は飲みかけのペットボトルやバナナ、菓子パン、ティッシュの箱が置かれ、満載状態だ。

まだ三十三歳というのに、今年四十歳になる美幸よりも年上に見える。長い髪はくしゃくしゃ、風呂にも入らず、パジャマの上に厚手のセーターをだらんと着ている。動かずに食べて寝ていることが多いせいか、ぼってりとした体をしている。

もう一度、大きな声を出す。

「こんにちは、広井です」

「……」

理沙がようやく広井を見る。目がとろんとしている。

「中へ入らせてもらいますね。お邪魔します」

六畳と四畳半、台所、トイレ、浴室がある。北向きで、大きな樹が東側窓を覆い太陽がいっさい入らない。十一月になり寒い日が続いている。部屋へ入ると、しいんとした寒さが足元から伝わってきた。

翼の姿が見えない。

「翼さんは？」

「……」

返事がない。また、たずねるがぼうっとしたままだ。

翼は留守が多い。どこへ行っているのだろう。この家に固定電話はなく、理沙の携帯電話は体調が悪いときに病院へ連絡するために使うくらいで、こちらから電話をかけても出ない。翼は携帯電話を持たないから、訪問するしか会う手立てはない。

理沙は家事をいっさいしない。食事は翼がコンビニかスーパーの弁当を買ってきたり、カップ麺、パンを食べている。美幸が翼に、カレーライスや焼きそば、野菜炒めの作り方を教えたこともある。ほこりがたまっていることから、掃除もしていないようだ。

四畳半は翼の部屋で、襖《ふすま》が少し開き、段ボールで作った本棚に中学の教科書が並べられているのが見えた。

「体の具合はいかがですか?」

返事がない。二回たずねる。

「うん、別に……」

物憂い返事が返ってくれば良い方で、よく寝られるか、薬はちゃんと飲んでいるかたずねても、「うん」としか返事は返ってこない。

社会福祉士と精神保健福祉士の資格を持つ美幸は、理沙が通院しているN市中央区にある精神科大崎病院で働き、理沙の担当をしている。

理沙とは、美幸が大学卒業後、大崎病院に就職して医療相談室に配属されてからのつきあいで、もう十数年になる。当時は先輩が担当していたが、先輩が退職後、専任になった。

多くの患者と同じく、理沙も人と慣れるのに時間がかかり、美幸を自身の担当と認めるのに時間がかかった。今もまだ心を開いていないことが多い。

理沙は他人が自宅に出入りするのを嫌い、ヘルパーが訪問して家事をしていたこともあったが、すぐ拒むようになった。

伊賀世帯を担当する生活保護ケースワーカーは、今年四月に就職したばかりの若い朝川拓也だ。法学部出身で生活保護について学んだことはないが、利用者のために力を尽くそうとする熱意があり、好感が持てる。

朝川と情報交換をした結果、理沙がこれ以上、病状を悪化させずに、日常生活が送れるようにすることと、翼の意見も聞きながら高校進学を勧めることを、援助方針として確認している。今日は、理沙の服薬を含む家庭での状況をつかむことと、翼の高校進学について意向を把握することが目的である。

部屋を入ったすぐ右手の壁に、大きなカレンダーが貼ってある。日付のすぐ下部は、朝、夜と二回、薬を飲んだときに印をつけることになっていて、美幸が翼に頼んだ。今日の朝まで○印はついているから、服薬は順調のようだ。

「理沙さん、ちゃんと薬を飲んでますね。薬を飲むと気分がいらいらしないで落ち着くでしょ」

美幸は理沙の隣に座り、カレンダーを指でさしながらつとめて明るく声をかけた。理沙が顔を上げた。

鼻筋が通り、整った顔をしている。

髪の乱れを直して、きちんとすれば良いのにと思うが、うっとうしいと嫌がることが多い。

「髪の毛をすきましょうか」

切れ長の目に不審な色が浮かぶ。新しいことを提案すると、裏に何か隠されているのではないかと疑う。

カバンから、百円均一で買ってきた新品の櫛《くし》を取り出した。促すと、理沙がゆっくり、こたつから白いふっくらした手を出した。ビニール袋を破り、黄色の櫛を手にすると、そろそろと髪をすき始めた。

長い髪は縮れ毛のせいで先がくるくるとしている。髪が整うに従って、次第に顔がすっきりしてきた。顔が明るくなり、年相応に見えてくる。

十センチほどの手鏡も取り出して顔の前に置く。

「きれいよ。ほら、ステキ」

お世辞ではなく、心からの言葉が出た。理沙もまんざらではなさそうで、ふんわりとした笑いを浮かべた。

「この櫛、差し上げるからいつも使ってね。朝起きたとき、整えるといいわよ」

理沙は、一瞬、目を大きく開いて、「うん」とうなずき、鏡の中の自分をじいっと見つめている。

いつまで続くか分からないが、身だしなみを整えなければという気持ちが起きれば良い。まだ、三十三歳なのだ。

「翼さんはこれからどうしたいのか、話したことありますか？」

鏡を見つめたまま返事をしない。今は自分の変化に夢中のようだ。話題を変える。

「今日のお昼は何を食べたんですか？」

「うん？」

しばらく考えてこたつの上を指さす。

「パン？　バナナ？」

「うん」

どっちだろう。三個入りクリームパンの袋が破られ、一個残っている。バナナも二本ある。

「おいしかったですか？」

すっきりとした形の良い鼻にしわが寄る。これ以上、関わってほしくないときに発するシグナルだ。

新しいことをしたから、疲れたのかもしれない。

今日はこれで良しとしよう。でも、髪をすいたことは、最近にないことで、うれしさがこみあげてくる。

翼は、理沙が高校時代、遊び仲間との間に十七歳で産んだ子だ。理沙の家も母子世帯で生活保護を利用していた。相手は妊娠がわかると姿を消した。

住んでいる家も年齢も本名も知らない関係だった。

勉強が嫌いで、ようやく入った高校は、面白くないと休むことが多く、妊娠してつわりがひどくなったとき、これ幸いと中退した。妊娠に理解がない学校だったから、そのまま続けても、自主退学をすすめられたかもしれない。

相手のジョーと呼んでいた男と連絡がとれなくなると、理沙は荒れて物を誰かれに投げつけたり、けんかすることが多くなり、眠れなくなった。母に連れられて受診した大崎病院で、統合失調症と診断された。

母は産むことに反対して大げんかをした。理沙は、出産すればジョーが噂を聞いて連絡をくれるかもしれない、と産むことを主張した。出産後、母は孫かわいさに育児を手伝い、三人でなんとか生活が成り立っていた。しかし、翼が五歳のとき、末期がんであっというまに亡くなった。ジョーとは、今も連絡がとれない。

理沙は感情の起伏が激しくて、ひとりでは育てられず、児童相談所の指導で、翼を児童養護施設に預けた。

翼を引き取ったのは、感情の波が一定して落ち着いた小学五年生になったときだった。翼にとって、母との新しい環境は厳しいものだったに違いない。

食事を作らず、洗濯もしないから、栄養も偏り、顔一面に吹き出物ができ、学校で、「寄るな」、「きもい」と言われたり、うしろから腰や尻を蹴られたりした。

翼は、母と暮らせるという喜びや期待がしぼんで、こんなはずではないという思いが、どんどん膨らんでいったのではないか。家でも学校でも居場所がなく、人としゃべらず、無口な少年になっていった。

中学では、一年生の一学期に少し通っただけで通学しなかった。小学校からのいじめが続いていたのだ。教師は手だてをとることもせず、そのまま進級させ卒業させた。中学は義務教育だから、問題のある生徒をいつまでも抱えていたくなかったのかもしれない。

月初めに生活保護費が振り込まれると、一週間に一回、翼が銀行から引き出して買い物に行く。家賃は区役所が代理納付制度を使って、家主に払っている。

美幸は、理沙が病院のデイケアに通ったり、人との触れ合いを増やすようにしたいのだが、そこへいくまでに幾つものハードルを越えなくてはならない。髪をすいたことを機に、変化が出てくるかもしれない。

そんなことを考えながら、美幸はアパートの前に置いた自転車に乗った。

翼とはなかなか会えない。

翼は今の自身の状況をどう考えているのだろう。高校へは行きたくないのだろうか。これからどうしたいのだろう。中学を卒業するとき、不登校といえども進路について担任が親身に相談にのってほしかったが、保護者がまず考えることだと、そっけなかった。現在の社会で、高校を卒業していないと就職は難しい。

翼は、自分の家が生活保護を利用していることは知っている。利用していることが良い意味に働けばいいが、働くことをしないでも、ただ漫然と金が入ると思ってはならない。働くことは厳しいこともあるが、人と交わり、助けあうこともある。翼に、そうした人との触れ合いの喜びなども知ってほしい。

今年もあと二カ月ほどで終わる。早く、翼の進路を考え、高校を目指すなら受験勉強をさせなくては、とあれこれ考えながら自転車を走らせていると、うしろから、「広井さん」と声をかけられた。

生活保護ケースワーカーの朝川拓也だ。垂れ目でやさしい印象を与える。同じように自転車に乗っている。

「あら、どこへ?」

「新規ケースの申請があって、今から実地調査に行くところです。広井さんは?」

「伊賀さんのお宅に行ってきたの。翼さんはいなかったけど、理沙さんと話せて、髪もすいたのよ。薬もちゃんと飲んでいます」

「良かったですね。何とか、一日のリズムを作りたいですね。わたしももっと訪問したいんですが、ケースが多くてとても手が回りません」

「相変わらず忙しいわね。今、何世帯担当？」

「新規が増えていて、これで百三世帯です」

厚生労働省は、生活保護ケースワーカー一人について、社会福祉法で定める八十世帯を標準数としているが、人員増がないから持ちケースは増えるばかりだ。

「あらぁ、それは大変。翼さんに会いたいけど、今日も会えなかったわ。進路について何か聞いていいます？」

「わたしも気にしているんですが、会えなくて……」

朝川は、翼を高校へ行かせたい、全日制が無理なら定時制か通信制でもと考えている。家庭訪問したとき話したいのだが、翼は留守が多いため、連絡するようにというメモを、資料と共に置いてきた。

「悪気ではなく、まだ子どもなので、連絡することが大事ということがよく分からないかもしれませんね」

朝川は悪い方には物事を考えない。

「先週、うちの鉄原面接員が出張面接の帰りに、みどり公園にいる翼さんを見たと言っていました。今度、訪問したとき不在だったら、行ってみます」

実地調査の約束した時間が迫っていて、朝川は慌ただしくペダルを踏んで去って行った。

みどり公園はこの通りの向こうにあり、自転車ですぐだ。週二回、ホームレスのための炊き出し会場になっている。四時までに病院へ戻ればよいから一時間ほどある。寄ることにした。翼に会えればもうけものだ。

公園の入り口に太い幹のクロガネモチが数本、丈を競うようにそびえている。その足元で、白やピンクのシュウメイギクと黄色のつわぶきが咲いている。今日は炊き出しがなく、朝から寒い風が吹いているせいか、人が少ない。公園の中を自転車を引っ張りながら歩く。

いた。

公園の隅のベンチで本を広げている。かたわらには大きなビニール袋がある。洗濯機が壊れたままで、新しく買う余裕がなく、たまった洗濯ものをコインランドリーに持って行くのも翼の仕事だ。今、コインランドリーからの帰りなのだろうか。

そっと近づき、隣に腰をおろした。

なに？　というけげんな顔をする。探していたとは言えない。まだ幼さの残る少年で、背も低く体つきもかぼそい。理沙によく似た切れ長の目でじっと見る。

「こんにちは。今日、理沙さんに会いに来たの。疲れたからちょっと休憩。ここに座っていい？」

硬かった顔が緩み、少々、頭を下げた。

「理沙さんはきちんと薬を飲んでいるのね。カレンダーに印もつけてあったわ。いつもよくお世話してくれてありがとう。今日は髪もすいたのよ。帰ったら見てね。きれいになったわよ」

えっ、と驚いた表情が浮かんだ。

「何の本読んでいるの？」

「……」

言葉を発さずに半分傾けて表紙を見せる。以前、ベストセラーになった星座の本だ。図書館のラベルが貼ってある。多くの人が読んだのだろう。古びている。図書館へはよく行くのだろうか。

「まあ、懐かしい。わたしも昔、読んだことがあるわ。読んだ時は興奮して毎日のように空を眺めていた」

脳溢血《のういつけつ》で突然亡くなった父が買ってくれた。

写真がどれも美しく、難しい漢字は飛ばして最後まで読んだ。小学四年生だった。

〈本物に近い星空〉と評判が高かったプラネタリウムに行くと約束したのに、父の死で実現しなかった。星を見ると、父の豪快に笑った顔を思い出す。

「星に興味があるの？」

「はい」

親近感を持ったのか、小さな声だが返事をした。

「よく空を見ているの？」

「はい、でも、あんまし見えない」

「都会は明るいから見えにくいわね」

「マリアにいた時は、よく見えた」

翼は、N市のはずれにある児童養護施設マリア園にいたことがある。そこは今もまだ畑や田んぼが残り、人家も少ないから、街と違ってよく見えたのだろう。

「星座に詳しいの？」

「少しだけ」

翼ははにかむように笑った。初めて見る笑顔だ。

「へーえ、すごいわね」

「クマ先生が教えてくれた」

「クマ先生って？」

「マリアの先生。熊みたいに大きいからみんながそう呼んでいた。ぼくがいじめられて泣いてると空を見てごらん、って言って、いろいろ教えてくれた。それで興味を持った」

「まあ、いい先生ね」

施設でもいじめられたのか。星を見ながら寂しさや哀しさを紛らわしていたのか。

「図書館はよく行くの？」

「はい」

「どんな本が好き？」

「星座や山、景色の写真集……」

ひとりで写真集のページを繰る翼の姿が浮かぶ。同じ世代の若者と触れ合う機会を作ってやりたい。こんなにも素直な少年だ。もっと広い世界があることを伝えたい。でも、今、初めて、ゆっくり話ができたばかりだ。焦っては駄目という気持ちと、今、話さねばという思いがせめぎあう。

ゴォーと音がした。飛行機が高く飛んで行く。夜になると星が花園を作る空だ。

翼がほっそりした顔を向けた。唇を舌で湿らせると、思い切ったように口を開いた。

「高校、ぼく、行けるかな？　クマ先生が手紙をくれた。今からでも遅くないからチャレンジしなさいって。この前、うちに、朝川さんの手紙が置いてあって、クマ先生とおんなじこと書いてあった」

「高校は行った方がいいと思うわ。学ぶことも必要だし、就職のときも役立つわ」

「ふつうの所はきっと駄目だから定時制にしたい。でも、学校へ行ってないから、試験は自信ない」

「大丈夫よ。翼さんはこんな難しい本を読むんだから勉強すれば合格できるわよ。勉強は学習支援サポートというのがあって、大学生が教えてくれるわ」

「そこ、お金はいくらかかる？」

「無料よ。役所がお金を出しているの」

「無料か、良かった。でも、母さんがなんて言うか……」

「賛成するわよ、きっと」

自分に対して関心を示さない母なのに、心配なのか。高校へ行きたいと言っても、うん、と言えば良い方で、知らん顔かもしれない。理沙は病気だから気長に様子を見るにしても、若い翼には将来がある。その未来をつぶしたくない。羽ばたけるように援助したい。

「母さんは病気だから……、心配かけたくない」

赤紫に染まる夕焼けの光が、浮かない表情をした翼の顔を照らす。

「理沙さんのことは、大崎病院のお医者さんやわたしたちが面倒をみているから心配しなくていいのよ。翼さんは自分のこれからのことを考えた方がいいわ」

「高校へ行くとお金、どれくらいかかる？」

「公立高校の授業料は高くないし、生活保護で費用はいろいろ出るわ。朝川さんがきちんと説明してくれると思うけど」

翼の表情がふっとやわらぐ。

「桜山高校の定時制なら家から近いし、生徒数も少ないからゆっくり勉強できていいかもしれないわね。授業の始まる前に給食もあるのよ。試験は来年三月。国語と数学、英語、それに作文と面接があるわ」

「給食も？　英語を学校で勉強したこと、ほとんどない。試験、できるかな」

「試験はそんなに難しくないはずよ。今から勉強すれば大丈夫よ。学習支援サポートは、中央コミュニティセンターで開いている。場所は知ってるでしょ？」

「はい」

中央コミュニティセンターはN市図書館の隣にある。

「最初は一緒について行くから大丈夫よ。今度、一緒に行きましょうか」

翼は普通の子どもが過ごすような子ども時代を送っていない。だからこそ、「普通の生活」、「普通の高校生活」を味わわせたい。

美幸も、普通の高校生活を送ることができなくなりそうだったことがある。中学二年生のとき、教師をしていた母が、妻と離婚した大学時代の同級生と再婚した。父を突然、亡くした痛みを引きずっていた美幸は、新しい父を受け入れられなかった。

男は大企業の管理職を務め、母の前では紳士だったが、母がいないと、「美幸ちゃんは美人だねぇ、スキンシップ」と言って肩を抱いたり、「手が滑っちゃった」と胸に触れたりした。粘りつくような目で、じぃっと見られるのも気持ちが悪かった。体に黒い線が縦横に走り、自分が日ごとに汚れていくような気がした。

母に訴えると、「美幸がかわいいからよ」と何でもないことのように言われた。ひとりっ子の美幸は誰にも相談できず、学校でも恥ずかしくて話せなかった。

母が宿泊研修に行った夜、酔っぱらって部屋へ入ってこようとするのを、鍵をかけ、大声を出して抵抗した。翌朝、男が会社へ出かけたと思ってリビングに行くと、にやにやしてソファに座っていた。男が迫って来たとき、台所へ逃げ、包丁を突きつけた。

「警察を呼ぶっ」

男が一瞬、ひるんだすきに、はだしのまま外へ飛び出し、全速力で走り、通りかかったタクシーに乗って父方の祖父母宅へ行った。足がじんじんと痛く、石につまずいて親指から血がにじんでいた。

事情を聞かれた男と母は、「美幸が考えすぎ」、「妄想」と言った。母は自分より男を選んだと思い、祖父母と暮らすことを望んだ。母が身の回り品を送ってくるとき、星座の本を入れるように頼んだのが、唯一の依頼だった。以後、母とは連絡をとっていない。自分が結婚しないのも、家庭に対する思いが揺れ動くからだ。

あのときが自分の岐路だった。そのままとどまっていたら、男を傷つけ、人生が変わっていたかもしれない。祖父母は貧しかったが、愛情をたっぷり注いでくれた。そのおかげで働きながら定時制高校へ進み、さらに大学二部へ通うことができた。

「普通」であることは難しい。おとなが、子どもに環境を作ってやらねばできないものなのだ。

翼を連れて、美幸は学習サポート会場の中央コミュニティセンターに出かけた。

生活保護利用者の子どもたちの多くは勉強に遅れがあっても、費用が捻出できず学習塾に通えない。現在、就職するには高校卒の資格が必要な所が多い。中学卒だけでは就職の門戸が狭い。貧困が二世代、三世代にわたることの懸念から、N市が昨年から市内に三カ所の学習サポート会場を作った。中央コミセンでは、市から委託されたN大学生五人が、週三回、無料で、中学生と高校生に勉強を教えている。

事前に説明しておいたせいか、髪を三つ編みにした矢木千絵がにこやかに迎えた。二年生で将来、高校教師を目指している。

翼は洗濯したばかりのフリースジャンパーを着てきた。顔がこわばっている。

生徒は翼を入れて八人。分からないときは、マンツーマンで丁寧に教えるという。生徒はまだ誰も来ていない。家の用事があったり、バイトやクラブ活動で、全員がそろうのはめったにない。

「いらっしゃい。ようこそ。みんなが来たら紹介しますね。ここでは呼んでほしいネームを自分でつけて呼び合います。何がいいかしら」

　翼が驚いて目を見張る。

「ほかの人はバナナとかピザ、アイス、と自分の好きな食べ物をつけているわ」

「はぁ」

　翼は困った表情だ。

「今日でなくてもいいのよ」

　矢木はアルトのやさしい声だ。

「あ、そんなら……、スバルにします」

「あら、ステキね。星が好きなの？　食べ物じゃないのは初めて。それではスバルさん、ここのルールを説明します」

　けんかや金の貸し借り禁止。月、水、金曜の午後四時から七時までの間、いつ来ても良い。分からないことは何回も聞く、と説明したあとプリントを出した。

「国語、数学、英語とあるから、分かる所までやってみてね。どれくらいの学力があるか、わたしたちも知っておきたいから」

　翼はプリントを前にひと呼吸してから鉛筆を握った。真剣な面持ちだ。ふっーとため息をついて終えた。

　国語は六割、数学は三割、英語は二割ができた。

　英語は簡単な単語ばかりだが、中学はほとんど通学してないから、やむをえないかもしれない。

「よくがんばったわね。基礎でつまずいているから、そのあたりをしっかりやれば伸びますよ。わたしたちがサポートして繰り返し学びます」

翼が肩の力を抜いたことが分かった。

間違いを指摘して再度やり直させる。

「疲れたでしょう。今日はここまでにしましょうか」

会議室をパーテーションで区切った部屋で、紅茶とお菓子を食べて今日は終わりだ。

「今度は明後日、金曜日です。中学の時の教科書を持ってきてね。復習します」

そこへ、男子がふたり、女子がひとり、制服姿でカバンを持ってやって来た。下校後、そのまま来たらしい。互いに紹介し合う。三人とも中学三年生で高校受験をするという。

中央コミセンを出てから別れ道でたずねた。

「どうでした？　緊張した？」

「はい。でも、来て良かった。先生はやさしいし、雰囲気が良いから」

ひとつのハードルを越えたという自信ができたのか、にこっとした。

〈この調子で行けたら〉

その後の様子が気になるが、担当している患者の入院や退院があり、忙しくてコミセンへ様子を見に行けない日が続いた。本棚の一番奥に大事にしまっていた星座の本を渡したいが、カバンの中に入れたままだ。

二週間後、矢木に電話した。

「毎回、頑張って来ています。家でも真面目に勉強しているようで、百円均一で買ったという英語の単語帳も見せてくれました。結構書いていますよ」

その翌々日、心配そうな声の矢木から電話があった。

「今日、連絡がなくて欠席していますが、何かご存じですか？　お母さんの携帯に電話しても出ないんですが。いつも熱心に勉強しているので心配です」

「いいえ、聞いていません。心当たりを探します」

急いでみどり公園に向かった。

この前のベンチに翼がいて、ぼんやり空を見ている。赤、黄、オレンジと次第に染まろうとする夕焼け空だ。

「翼さん」

呼びかけて隣に座る。翼は黙って、そのまま空を見続けている。

「これ、三十年くらいも前に買ったものだから古いけど、差し上げます。もっと早く渡したかったけど、忙しくてなかなか訪問できなくて」

カバンから星座の本を出して渡す。

「えっ、大事な本なのに」

「繰り返し読んでもう頭の中にすっかり入ってるから。読んでもらうと、この本も喜ぶわ」

「いいの？　ありがと」

翼は本を抱きしめたあと、ぱらぱらとめくり始めた。スバルの箇所にじっと見入る。よほど、好きなのだ。冬季に肉眼でも見えるそうだから、クマ先生と一緒に探していたかもしれない。素知らぬふりで何気なくたずねる。

「学習会はどう？　慣れた？」

　本をめくる手が止まった。しばらく沈黙が続いた。

「あいつが来た」

「あいつって？」

「小学生の時、いじめたやつ。チーズと言うんだ。中学に入っても一緒のクラスで、ぼくのことをセイホって呼んでいじめたんだ。にたにた笑って、よおーとえらそうにして。あいつ、自分もセイホだったんだ」

「そう」

「終わったとき、まずいと思って先に行こうとしたら追いかけて来た。仲良くやろうぜ、千円出せ、と言うんだ」

「まあ」

「そんな金ないと言ったら、しけてやがんの、ぼこぼこにしたろかって。走って逃げた。金なんかないよ、それに持っててもあいつになんかやるもんか」

　翼と同じクラスだったから、チーズは、今、高校一年生か。成績が思わしくなくて来ているのだろう。

「あそこはもういやだ。行きたくない。あんなやつの顔見るのもいや」

翼はいやだ、いやだ、と髪をかきむしる。

「じゃあどうするの？」

「うん？」

「いやなことは分かったけど、そこから逃げてどうするの？」

「……」

「学習会にはもう行かないの？　あそこはきらいなの？」

「……」

学習会はきっと好きなはずだ。単語カード帳も作ったではないか。チーズがいるからといって、辞めていいのか。それではいつまでたっても同じ所に立ち止まったままだ。自分で考えて解決できるようにしなくては。美幸は自分でも厳しいことを言っていると思いながら続けた。

「単語カード帳を作ったんでしょう。すごいじゃない。今、持ってる？　持ってたら見せて」

翼は、傍らのかばんからごそごそと単語帳を取り出した。Aから順番に、丸っこい字で書いてある。

「見やすいわねぇ。努力してるのね」

「新しく出てきた単語を書いている。こうやって隠して、見ないで書けるかどうかやってみる」

星座の本で単語を隠して見せた。

「まあ、いいことね。そういえばわたしも大昔、そんなことやった覚えがある」

「英語、好きだった？」

「まあまあね。翼さんは？」

「ふーん、ぼく、わりと好き。面白いなと思って」

はにかむ。

「もっと勉強するともっと面白くなるわ」

「うん」

翼はあっさり認める。

「サポートの先生たちはどう？」

「みんな親切。分からない所を教えてくれる。うーん、行きたいなぁ、でもやっぱり、あいつのこと考えるとなぁ」

行くかどうするか悩んでいる。目を空へやる。さっきと比べて少し、冷静になってきた。

「たたかったらどう？」

「えっ？　たたかう？」

翼は驚いたのか、声が裏返っている。

「実際にやるのは物騒だから言葉でたたかうの。一番いいのは英語のテストかしら」

「どうやって？」

「単語をどっちが多く知っているか競争するというのはどう？　矢木先生に問題を出してもらって」

「そうかぁ、面白そうだけど勝てるかなぁ、あいつは高校生だし、ぼくは今、勉強やり始めたばかり……」

「翼さんは真面目だから今の調子で勉強すればきっと勝てるわよ。今度、何か言われたら、英語でたたかおうと言ったらどうかしら」

「うーん、すぐには無理だ。もっと勉強してからでないと負けてしまう」

勉強すれば勝てると思っている。

「勝つためには学習会へ行かなきゃなぁ」

自身を鼓舞するかのように両膝を叩いて考え込む。

「勉強すれば身につくし、たたかいにも勝てる。一石二鳥ね。きっと定時制にも合格するから、いいことだらけよ」

「……いやだけど、学習会に行くことにする。始まる四時に行って、あいつに会わないようにする」

翼は美幸の顔を見つめた。今まで、自信がなくおどおどしていたのが、やや、きりっとした顔つきになっている。

「ベストを尽くしましょう。大丈夫よ」

「はい」

矢木から再び電話があったのは一週間後だ。いつもは落ち着いているのに、今日は上擦った声だ。

「今、近くのアサヒコンビニから電話があって、翼さんがここへ来る途中で万引きしたと言っています。お母さんに電話しても出ないそうで、こちらに連絡がありました。今日は都合でわたしひとりしかいないので、行けません。お願いできますか」

万引き？　信じられない。翼が何を盗むというのか。何かの間違いではないか。自転車に乗り、大急ぎでコミセン近くの通りに面しているアサヒコンビニへ向かった。店の前に二十台ほど止められる駐車場があり、ひっきりなしに人の出入りがある。

店の奥に小部屋があり、太い首と丸々とした体の四十代と思われる店長と机を挟んで、うつむきながら座っている翼は顔色が青白い。店長は美幸が名刺を出すと、ひったくるようにして見た。

「なんで病院の職員が来て、親が来ないんだ。どういうことだ。このごろ、万引きが多いんでずっと見張っていたんだ。三人で来て、ほかのやつらは逃げた。この子は高校も行ってないそうだな」

ぞんざいな口調で、見下すように言う。

「翼さん、本当に万引きしたの？」

翼は下を向いたままかぶりを振った。

「やってないと言っています。この子はそんなことをするような子ではありません。何を盗んだんですか？　証拠があるんですか？」

「あるから言ってるんだ。監視カメラを見せようか」

「ええ、見せてくださいっ」

美幸は思わず切り口上になる。監視カメラの映像が映し出された。翼と学生服の男ふたりが、菓子を並べた棚の前でもみあっている。菓子が落ちて、翼が拾う。

「わざとこうやってもめて盗るんだろう」

「ぼくは盗っていません。ポテトがわざと落としたから拾ったんです。それをあいつが奪ったんです。サポートへ行く途中で待ち伏せしていて、ぼくがいやと言うのに、引っ張って連れてきたんだ」

翼が叫んだ。この映像では、拾った所しか見えない。

美幸がたずねる。

「あいつって？」

「この前、話したやつ。金を出せって言ったチーズ」

チーズが千円を出せと言うのは聞いた。脅されて連れてこられたのか。

「別の映像はないんですか？　全部見せてください」

美幸は大きな声で叫んでいた。店長はその勢いに押されるように、別の映像を流し出した。

あった。いやがる翼の背中を押しながら菓子の前に行く、学生服を着た高校生がいる。翼がまた叫ぶ。

「こいつがチーズっ。ほら、ぼくをうしろから押している」

もうひとりは腕を伸ばして菓子を落とした。翼が前かがみになりながら、拾おうとしている。

「落としたのがポテト。ふたりでいっつもつるんでる」

次の場面では、チーズとポテトが菓子を学生服の下に入れて店を出て行く姿がはっきり映っていた。

「これで翼さんが違うということが分かりましたよね。どうしてカメラを全部、ちゃんと見てくれないんですか？　いいかげんなことで子どもを犯人扱いして、謝ってくださいっ」

美幸は怒りが収まらず、つい、荒い口調になった。

「でも、三人でつるんでやったんじゃないかね」

店長は目を泳がせ、どぎまぎした表情をしながら、それでも謝ろうとしない。

「じゃあ、あなたの会社の本部に電話します。ことによっては弁護士を呼びますよ」

病院の顧問弁護士は頼りになる人だ。美幸はスマホをとり出した。

ドアを軽くノックして、中年の痩せた女性が入って来た。

化粧をしてないが、眉だけはしっかり描いている。

「申し訳ありません。店長の姉です。犯人扱いして本当にすみません」

しきりに瞬く目の下に、うっすらと隈ができている。

「急にバイトが休んで、昨日からこの人、ずっと働いているんで、気がたってるんです。母が寝たきりで介護しないといけないし……、こんなこと言い訳にならないですけど」

姉は寂しそうに頬をゆがめると、持ってきた大きなビニール袋を翼の前に差し出した。

「本当にごめんなさい。これ、おわびの印です。お菓子や弁当です」

姉はそわそわしている店長の肘を軽くたたいた。

「ほら、あんたも黙ってないで、謝らなきゃ」

店長がのそのそと立ち、お辞儀をした。

「疑って申し訳ないです。許してください」

翼が立ち上がった。やや、顔が赤い。

「分かればいいです。菓子はいりません。ぼくがどんなに苦しくていやだったか……、これから、こんなことのないようにしてください」

翼はそのまま部屋を出ていこうとする。

美幸は慌てて止めた。

「こんなにいやな思いをしたのに、本当にもう、いいの？」

翼は大きくうなずいた。

「ぼく、今からサポートへ行く。あいつらにつかまってこんな目にあって、時間を損したから、早く行って勉強したい」

澄み切った目に、新しい光が宿っている。

「矢木さんに報告するから、わたしも一緒に行くわ」

店長と姉が直角のお辞儀をしているのを背に、コンビニを出た。自転車を押しながら翼と肩を並べた。

「大変な災難だったわね。それにしても、チーズさんとポテトさんは何を考えているのかしら」

「広井さん、ありがとう。カメラを全部見せてと言ったから、犯人じゃないことが分かった……、ぼく、もっとしっかりしないといけないね」

そう言いながら、自分でうなずく。

「ぼく、できたらプラネタリウムで働きたい。星の解説をして、みんなに星を見る楽しさや喜びを知らせたいんだ。図書館で調べたら、学芸員の資格をとるといいって。だから、うんと勉強しなくちゃ」

「その気持ちを大事にね。実現するように応援するわ」

頼りなさそうに見える翼が、勉強の目的や将来の目標を掲げたことがうれしい。サポートに通って、勉強することの意味や面白さに目覚めたのだろうか。

「そのこと、理沙さんに話したの？」

「うん、なんにも返事がなかったけどね。でも、ちょっと笑ったから、オーケーだと思う。ぼく、高校へ行ったら、バイトもしようと思う。朝川さんが、この前、説明してくれた。働いてもいろいろ控除があるから全部が収入にならないって」

朝川が生活保護の収入認定を詳しく説明したようだ。

「理沙さんの具合はどう？」

「きっと、この世界がいやなんだ。そいであんなにしてどこかに避難している」

「避難？」

「うん、でも、いつか、ぼくがいるこっちへ来るんだ。それまで仕方ないよ」

翼はそう考えて自分を納得させているのか。理沙が避難している場所と、こちらの世界を結ぶのは翼なのだ。美幸は、急に翼が頼もしく見えた。

サポートでは、矢木が心配そうな顔で待っていた。

チーズとポテトは最近、ずっと休んでいると言う。

「今回のことは役所に報告します。ふたりとも家庭が複雑なので面白くないのかもしれません。なんとか力になりたいんですが、まだ、力及ばずで……」

矢木の顔が曇る。ここにも助けを求めるすべを知らずに、漂う少年たちがいるのだ。

翼は一分の時間も惜しいのか、矢木が渡したプリントを急いで手にとると、美幸を見た。

「早く勉強して、終わったらスーパーへ行かなくちゃ。もうじき、特売のタイムセールが始まる。安くていい物探すんだ」

「野菜も食べてね」

「朝川さんもそう言った。大丈夫。ブロッコリーをレンジでチンして食べてる」

翼は真剣な面持ちでプリントに向かっている。

いつの間に、翼はこんなにしっかりしたのだろう。学芸員という大きな目標を持ったことで、今後、たちはだかる山があっても、どうしたら越えることができるか、自分なりに工夫して進んでいくのではないか。

美幸の胸に、これから何が起きても、翼は大丈夫、という思いがじわじわと広がってきた。

あとがき

福祉事務所で生活保護のケースワーカーをしていたとき、いろいろな人に会いました。

一日中陽《ひ》のささない暗い部屋でテレビをみて過ごす高齢者、病気の自覚がなくて精神科へ通わず悪化する女性、幼い子どもを置いて失踪した母親。私の育った家庭もけっして裕福ではありませんでしたが、それまで会ったことも見たこともないような家庭や住環境でした。この状態をなんとかしたいと毎日努力しましたが、なかなか思うようになりません。

アルコール依存症ですぐ暴れる元暴力団員の男性は、思うようにならないと入れ墨を見せつけて威嚇しようとしました。何回も学科試験に落ちながら車の運転免許をとったことを話してくれたとき、その苦労を思い、「よくがんばりましたね」と言うと、目が潤みました。数日後、一本のバラを手にやって来て私に差し出しました。このとき、心が通いあった気がしました。その赤いバラは、今も私の心の中で咲いています。

読者の皆様が板東や桃たちなど、この小説に登場した人たちが寂しさや哀しさを抱えながら困っているのを見かけましたら、少しの間でもそっと寄り添って共に歩いていただけたらと思います。曠野に花を咲かせたいと願っています。

「しんぶん赤旗」連載時とカバーにイラストを描いてくださった半田正子さん、ありがとうございました。
「しんぶん赤旗」連載中、担当記者の田中佐知子さんに、出版するにあたって新日本出版社の久野通広編集長始め皆さまに大変お世話になり、心からお礼を申し上げます。

木曽ひかる

二〇二一年六月

木曽ひかる（きそ　ひかる）
1944年愛知県生まれ。名古屋市役所に39年間勤務、うち23年間生活保護、障がい関係の仕事に携わる。日本民主主義文学会会員。2015年「月明りの公園で」で、第12回民主文学新人賞受賞。

曠野《あれの》の花《はな》

2021年8月15日　初　版

著　者　木　曽　ひかる
発行者　田　所　稔

郵便番号　151-0051　東京都渋谷区千駄ヶ谷4-25-6
発行所　株式会社　新日本出版社
電話　03（3423）8402（営業）
03（3423）9323（編集）
info@shinnihon-net.co.jp
www.shinnihon-net.co.jp
振替番号　00130-0-13681

印刷　亨有堂印刷所　　製本　小泉製本

落丁・乱丁がありましたらおとりかえいたします。
© Hikaru Kiso 2021
ISBN978-4-406-06610-5 C0093　Printed in Japan

本書の内容の一部または全体を無断で複写複製（コピー）して配布することは、法律で認められた場合を除き、著作者および出版社の権利の侵害になります。小社あて事前に承諾をお求めください。